How to Write Academic Papers

修訂三版

如何寫學術論文

宋楚瑜　著

三民書局

國家圖書館出版品預行編目資料

如何寫學術論文／宋楚瑜著.——修訂三版四刷.——
臺北市：三民，2022
　　面；　公分

ISBN 978-957-14-5913-4（平裝）
1. 論文寫作法

811.4　　　　103009655

如何寫學術論文

作　者	宋楚瑜
發行人	劉振強
出版者	三民書局股份有限公司
地　址	臺北市復興北路 386 號 (復北門市) 臺北市重慶南路一段 61 號 (重南門市)
電　話	(02)25006600
網　址	三民網路書店 https://www.sanmin.com.tw
出版日期	初版一刷 1978 年 9 月 修訂三版一刷 2014 年 6 月 修訂三版三刷 2015 年 6 月修正 修訂三版四刷 2022 年 10 月
書籍編號	S810010
ISBN	978-957-14-5913-4

三民書局

謹以此（修訂三版）書獻給我的摯愛萬水，生生世世……

1965 年倆人首次合影於陳萬水母校舊金山大學的天主教堂前，此照片也是彼此提供雙方家長的相親照。

修訂三版序言

之所以會出版《如何寫學術論文》這本書，是有一些緣由的，說來與我從事學術研究，以及曾經投入圖書館工作有關。

我於 1965 年赴美，主攻國際政治，但為維持家計與賺取學費，先於美國西岸的加州大學柏克萊分校一邊攻讀碩士，一邊在圖書館打工。後來又到華盛頓就讀喬治城大學博士班，也為同樣的經濟原因，在美國研究圖書館協會 (Association of Research Libraries) 中國研究資料中心擔任兼職專任編纂 (Bibliographer)，主要做的也是在圖書館書堆中找資料的事。

攻讀博士班時另有一度休學的插曲，那是為了要在天主教大學圖書管理學系取得碩士學位。當時在入學天主教大學前的暑期，還運用這段空檔，先赴芝加哥大學圖書館研究所，參與為期五週的東亞圖書館研習班進修，開啟我對書目學的啟蒙訓練。

在每階段的求知過程中，我總是時時問自己：「我的求知目的是什麼？」尤其愈往學術頂端時，這個問題愈是迫切。不錯，當初想要攻讀圖書館學位，的確與生活、生計、養家餬口有關。但是這門學問對我大有啟發，它不僅幫助我完成學位，也藉著圖書館學科學方法，精煉了我未來求知之鑰，與處理事務的邏輯思路。

也就是基於這樣的思考與初衷，回到臺灣擔任公職以後，即使公務羈身，仍然勉力撰書，將過去追求學問所遭遇的困難與瓶頸，一一加以條列，梳整成理路，佐以實例與新資料，提出克服的方法與步驟，希望對莘莘學子有所助益，期能減少不必要的困擾或挫折。

其實，如何寫學術論文，不僅是文字修辭，猶是邏輯思維的磨勵淬煉。亦即人作為宇宙萬物的一個主體，在觀察、理解、認知、求知的過程裡，將獲得的訊息與材料化作概念，運用概念進行判斷，進而以比較、分析、綜合、歸納、推理等方法，產生新的認識或知識。就此而言，學術研究即在於增進人類全體的生活福祉，這和《大學》闡述「格、致、誠、正、修、齊、治、平」的道理脈絡一貫，密切相通。

前不久，臺灣發生一名研究生因找尋研究題目不順利而輕生的遺憾事情，類此案例亦見諸世界各地，令人嘆息扼腕。古往今來，在求學與求取功名之途遭遇困阨者不勝枚舉，但亦有「留得青山在，不怕沒柴燒」之語警世，更何況讀書、做學問，不只為修業，不只是會找研究題目，不只是會引經據典而已。《大學》之綱領有三：明明德，親民，止於至善，我家鄉湖南先賢曾文正公曾言：此三者「皆我分內事也」，誠哉斯言。

再者，凡事豫則立，不豫則廢，求知、寫論文和做人做事的道理殊無差異。人生於世，為立身計，有賴操習技藝，一技在身勝過家財萬貫，但此亦實事求是與困知勉行的過程。論文寫作切忌大而無當，當資料來源豐富，就可多寫、多抒發，資料來源少，就不可妄言，正如胡適所言：「有幾分證據，說幾分話」。史上不乏才人志士，竟以一「虛」或「假」字致敗，不可不為借鏡。

《如何寫學術論文》於1978年首次在臺灣發行，其後於1980年再刷，1983年修訂二版，2002年12刷，前後計印行過14次，可說是當時頗受臺灣大學生及研究生的喜愛與歡迎。有人告訴我，在大學校園裡，常見到這本書，讓我深感鼓舞，覺得沒有白費一番心血與功夫。

多年以前，三民書局囑我修訂再版，不久之前，且蒙劉振強董事長親自來催，深感隆情厚意，遂恭敬不如從命。又於本書內容增修期間，北京大學出版社適以大陸付梓之事相商，我亦欣然允之。如今能在臺灣和大陸同時發行此書，誠一樂事。

概以勸人向學、明經致知、造就人才，均和我為學初衷不相違，是我所樂見樂為也。此書不敢稱之為「實用典籍」，但信逐次參考運作，當有裨益之效，以及增進之功，亦期各方先進匡補闕遺，不吝賜教，是所至禱。

宋慧瑜 2014年4月

修訂二版序言

《如何寫學術論文》這本書，自1978年問世以來，一直受到社會以及大專同學的歡迎，而且一版2刷也已銷售一空，主要原因，可能是尚具實用價值。

最近有人告訴我，這本書裡許多參考書籍的版本以及資料的出處，都已經有所改變，根據原列出處，常有難以按圖索驥的困擾。出版這本書的三民書局，也認為有加以修訂重印的必要，於是，我決定把它修正發行第二版。

這次修正的重點，包括：一、將參考書的版本和資料的出處，根據新版改訂；二、增加新的參考書目。至於全書綱目和內容結構，還是盡量保持原來面目，畢竟這只是一本修訂版，而不是一本同名的新書。

楚瑜對於學術研究，一向保持一份執著的興趣。在美完成學業之後，即擬埋首研究，側身教育行列。當時深感學術的道路，需要下工夫，也需要講求方法，於是撰述此書，期能有助於從事研究的朋友，倒並不以大學研究所同學為唯一服務對象，但是這幾年來參閱此書者，卻以研究所同學居多，對於這一現象，我亦深感鼓舞，因為總算沒有白費我編寫此書的一番心血。

自從服行公職以來，雖然公務羈身，難得有清閒的時刻，靜下來做點「學問」，但是，我還是盡量抽出時間去讀一些關於國際政治方面的名著以及與大眾傳播有關的書籍，古人有謂「一日不讀書，言語無味，面目可憎」，這樣的境界，也許太高了一點，同時亦非一個工作繁忙的公職人員所能希冀，但我卻在工作中深深體認到「書到用時方恨少」的滋味，在現階段來說，我的抽暇讀書，一方面固然是滿足個人

的求知慾，另一方面卻還是為了工作上的需要，至於循規蹈矩做點學術研究或是撰寫學術論文一類的工作，已經只能回味過去或是期諸日後了。

二次大戰結束後的數十年來，是一個知識爆發的時代，固然，爆發的絕大部分是自然科學方面的新猷，但是在人文社會科學方面，也有極大的進展。展望未來，知識爆發必將產生日益加劇的連鎖反應，因此，在知識的探求上，必然更需要講求方法，才能捷足先登，探驪得珠，而成為千千萬萬做學術研究的人所夢寐以求的「權威」。我對這本書其所以敝帚自珍，再度充實推出，正是由於我對從事研究學術的朋友，抱有無比的信心。「工欲善其事，必先利其器」，個人誠懇希望在大家探索知識過程中，我所提供的這工具，能助以一臂之力。

宋楚瑜 1983年2月

我們可以有不同的聲音，卻必須有共同的語言*

左為北大校長王恩哥院士

王恩哥校長、各位老師、各位貴賓、各位同學，大家好！

今天很榮幸，能夠有機會獲得北京大學的青睞，將多年前的拙著《如何寫學術論文》，重新修正付梓出版，並邀請楚瑜來到這所百年來引領中國風潮的學術殿堂北京大學，在此舉辦個人的新書發表會，首先表達誠摯的謝意。

這是一本治學基礎的書，是我30多年前剛從美國回到臺灣時的著作，我想在此談談當年寫這本書的一些心路歷程。

當時的臺灣剛走向富裕和開放，出口導向的經濟讓臺灣逐漸與世界接軌，在社會上也出現不同的聲音，各種思想、理論開始衝撞，學術界出現了許多不同的流派，尤其在社會科學界。由於無法像自然科學一樣以實驗印證假設，所以很多爭論到最後常常流於意氣之爭。

我寫這本書的時候，背後想傳達的概念是：「真正的世界語言不是英文，而是嚴謹的論證與邏輯。」當時我擔任蔣經國先生的秘書，為了不與學術脫節，依規定在臺灣大學、師範大學各兼了一門課、一個

* 本文係2014年5月8日在北京大學《如何寫學術論文》簡體字版新書發表會演講主要內容。

禮拜4個小時，發現有些同學，書唸得很多，但表達上卻過於龐雜，很容易落入「掉書袋」的陷阱，於是我想，是否可以將我在美國所學的一些方法論與寫作論文的規範，引到臺灣來，讓學生寫作論文時有所依循！

這本書在臺灣出版後、很受歡迎，幾年中一連印行二個版，共刷14次，而我必須坦白向諸位報告，現在我更高興的是能補充新的資訊，修正後由北京大學出版。

Indeed，北京大學是中國「五四」運動和新文化運動的發源地，「愛國、進步、民主、科學」成為與北大密切相關的詞彙。在中國近代史上，北大始終與國家民族的命運緊密相連。楚瑜說這段話，不是要恭維北大，而是想到當年「北大人」要救亡圖存、要愛國、要求進步，就找到「德先生」和「賽先生」。

我認為其實所謂「德先生」與「賽先生」，骨子裡就是反思傳統文化、探索強國之道，這不就和《如何寫學術論文》相類似嗎？質言之，就是 How to do it and for whom?（如何做？為誰而做？）當年「五四」運動時，提出的答案是「民主」與「科學」。

所謂「科學」，就是要「可以驗證」、「可以複製」，每個人都可以提出一堆假設，就像胡適先生說的「大膽假設、小心求證」。窮理致知，需要的都是這樣一套嚴謹的邏輯系統、論證過程與可被驗證的方法論。只有共通的邏輯與嚴謹的表達方式，才能獲得認同。所以，「賽先生」就是發現問題、找尋答案。

毛澤東說得好：「沒有調查，就沒有發言權。」當大家都可以用同樣的方法來達到相同的調研結果，這套方法就是一套「共同的語言」。寫論文是如此，做科學實驗是如此，探討社會與政治問題也應是如此；對一個現代的文明人來說，科學不僅是一種方法，更是一種態度，當我們都有這套嚴謹的方法與邏輯思維，我們就有了「共同的語言」！我們和任何人溝通，不論是哪國人或說哪國話，都可以氣婉而理直。這就是當年我出這本書的動機，現在到「北大」——這個「五四」運動的發源地，能再將此書修正出版，真是深感榮幸；哇塞，踘的很！

而當大家都有了這種共同的邏輯語言，任何的個人、團體、企業、甚至國家社會，才能逐漸消除「大哥永遠是對的」、「會吵的孩子有糖吃」、「一言不和、拳腳相向」的文明落後現象，才能讓社會上不同的聲音，有個共同的溝通語言，讓真理愈辯愈明，讓社會愈研究愈進步。

我常說，歐洲人對人類最大的貢獻，不是發明蒸汽機與發現新大陸，而是人權與自由的概念，我稱之為「歐洲價值」；美國人對人類最大的貢獻，不是打贏希特勒和發明電腦，而是平等的概念，我稱之為「美國價值」，也就是「人生而平等」，所追求的是「民有、民治、民享」的政府，這是西方「民主」的精髓。那中國人呢？我認為在可預見的未來，「民主」和「市場經濟」反不如中國人的「仁」與「均」這兩個字，更會成為21世紀最流行的普世價值，我稱之為「中華價值」。

什麼叫「仁」？我的體會：「仁」，就是人與人之間的相處之道，人與自然的相處之道。「夫子之道，忠恕而已」、「己所不欲，勿施於人」，以前我們都把「仁」在英文中譯為「benevolence」；在臺灣，現在不少人常將「仁」解釋為「同理心」，英文中沒有相對應的字，勉強譯為「empathy」、「empathetic」。

中國幾千年歷史文化中，「仁」的概念貫穿了佛家的悲天憫人，儒家的人倫相處之道、孝悌忠信，〈禮運大同〉篇的「鰥寡孤獨廢疾者皆有所養」，孟子的「斧斤以時入林」、「不可竭澤而漁」及道家的「善政無為」、「天人合一」等概念，講的都是節用愛人，仁心及於天地，與現代人所說的社會福利與環保概念不謀而合。因此，政治上，中國人講行仁政、仁民愛物，社會上講人倫，行醫的人講仁心仁術，仁，就是整個社會的黏著劑與潤滑劑，也就是人與人之間互相尊重，人與自然間的和諧相處，民族與民族之間的和平共存。

因為有了愛人之心、惻隱之心、同理之心，所以在經濟上，中國人講求「均富」，也追求「均衡」。孔子說：「不患寡而患不均。」西方「民主」贏者全拿，財團運用「財」去影響立法，以錢換權、以權去謀取更多的錢，這也使得現代資本主義走偏差了；結果，世界產生最嚴重的根本問題——貧富差距日益擴大。而中國因為有「均富」、「藏富於民」的思維及傳統，且深知過猶不及並非「均衡」之道，因而儒家在待人、接物和處事上，以「中、庸」為道德標準，不走極端，不偏不倚，調和折中，因事制宜、因時制宜、因物制宜、因地制宜，此亦即為《中庸》之理。所以中國比起其他國家，更早在發展階段中注意到這個問題，並且著手改進。就像大陸主張「中國特色的社會主義」；相似的概念，在蔣經國先生時代，便在臺灣實施過。蔣經國先生在 1972 年擔任行政院院長時，人均只有 482 美元，到 1988 年經國先生過世，人均已達 5,829 美元，16 年間成長了 11 倍。在這 16 年主政期間，臺灣最高所得的前五分之一家庭，與最低所得的後五分之一的家庭，收入差距一直保持在 4.5 倍左右的水準。可惜的是，後來的執政者並沒有繼續堅持他的政策。

百年前在這個地方，五四運動揭開了「德先生」與「賽先生」救中國的序幕，而今天，中國將要迎向世界舞臺，實現偉大的中國夢，依據的核心概念，不是利己而是推己及人、計利應計天下利；昨天，2014 年 5 月 7 日，習近平總書記在人民大會堂會見楚瑜和親民黨訪問團時表示，「我們真誠希望臺灣社會安定、經濟發展、民生改善，臺灣同胞過上安寧幸福的生活。」大陸經濟發展了，不會忘了臺灣人的生活也要過得好，正所謂「泛愛眾，而親仁！」「仁」與「均」這兩樣歐美列強所缺乏、而在中國文化根深蒂固的觀念，剛好對應上歐美資本主義社會的缺憾，正為人類提供了解決的方向。

各位同學，今年是甲午年，所有中國人都不會忘記120年前慘痛的教訓與恥辱，但就像2009年我去遼寧瀋陽參觀918紀念館時的題字，面對過去、面對強權，我們需要的態度是：「生氣不如爭氣，自信而不自滿。」200年來，很多中國人生氣、甚至喪氣，但國家要前進，需要的是爭氣而不是生氣的年輕人。有爭氣的中國年輕人，才有揚眉吐氣的中國；有爭氣的中國人、才有爭氣的中國。

各位好朋友，我是中國人，也是臺灣人，更是愛吃辣椒的湖南人。我們有不同的生活環境，但我們有共同的血源，更有相同的文化涵養；可能在許多事上，我們有不同的意見與聲音，卻一定要有共同的語言。正如整個中華民族要迎向世界、實現中國夢時，我們不會以冷戰時代的敵我矛盾概念，將一切非我族類視為敵人，而會以「仁」與「均」的宏觀文明，「中華價值」(China Value) 透過嚴謹與邏輯的溝通語言，與強調分享、共享、分工合作的新時代世界潮流接軌，從心理上、思想上，引發全世界的共鳴，讓全人類對中國人、中國社會與中華文明刮目相看。

各位好朋友，我衷心期望，未來的中國，不但能實現「中國特色的社會主義」，更能推廣「中國特色的仁均王道」，兩岸一家親，共圓中華夢，讓兩岸人民，尤其是年輕人，能夠一起擁有無限寬廣的未來！這個夢不只是實現中華民族的富強大夢 (Macro-Dream)，更是我們每一個中國人的小夢成真 (Micro-Dreams)，人生有夢、築夢踏實，我對中國的未來充滿了希望，對諸位的未來也充滿期待和祝福！

謝謝各位！

前　言

大學以研究高深學術、培養專門人才為宗旨，許多國內外大學規定學生於結業時須繳學位論文一篇，經學校審查合格後方准畢業。其目的乃在於鍛鍊學生獨立思考與有系統整理分析專門性問題的能力，養成讀書研究的習慣，並且藉以測知學生數年來的讀書心得、判斷能力與批判精神，是否已經達到學術研究應有的專業水準。即使由於大學教育的急遽發展，以及各種客觀條件的限制，撰寫畢業論文現已非是取得大學學位之必要條件，但平時各科教授，仍有指定撰寫學期報告及研究報告等規定。單就這類報告來說，優良的作品固然很多，然而湊合成篇、敷衍塞責或擷取網路資料者，也為數不少，究其原因有三：一、由於學生對撰寫研究報告的性質與技巧不甚瞭解；二、往往缺乏良好的指導，以致一般學生多視撰寫研究報告為苦事；三、學生在學期間，大多課業繁重，除閱讀指定教科書與應付考試外，幾無暇執筆為文。因此，今後如再不予學生練習寫作的機會，藉以引發其研究的興趣，增加其獨立思考專門問題的能力，協助其涉獵有關的課外讀物，將紊亂的材料加以有系統地整理與分析，則對大學教育的功效，影響甚巨，實不宜等閒視之。

本書旨在提供學生撰寫論文或研究報告的基本方法，並將寫作的全部過程，區分為十個階段，逐一討論，使初學者有一明確的概念，並能按部就班，寫出符合水準的學術論文、報告。

在談到寫作學術論文或研究報告的具體步驟之前，我們必須先說明學術研究的基本性質。簡而言之，所謂研究，就是有規律地調查並尋找事實，從而發現其真相的過程，這個真相就是一篇論文的論點，也就是研究的成果。換言之，論文中的論點不是一些道聽塗說、先入為主的偏見，更不是東拼西湊，把有關各家的言論或注釋湊合一起了事，而必須是有事實來證明，支持其理論的成立。因此，作者必須明確地指出資料的來源，說明其求證的過程，以及所尋得的結論。如果論述或結論是引述第三者的言論，則作者必須將資料來源交代清楚，使讀者亦能按圖索驥，尋得同樣的結論；如果結論是作者自身觀察所得，則必須說明發現真相的經驗與過程，以使讀者在重複同樣的過程與經驗之後，也能發現相同的結論。總之，論文中作者的論點也許是主觀的，但是作者用以支持論點的證據，必須是客觀的。

西諺有云：「條條大路通羅馬。」也就是說做任何一件事，並非僅有一條解決的途徑。寫研究報告，也不例外。一位有研究經驗的學者，在多年摸索之後，可能會找到一條他自認為最方便的寫作捷徑，而且每一位學者的寫作捷徑不盡相同；研究過程的先後次序，也不盡一致。但在基本上，本書所討論的十個步驟，大致均能加以涵蓋。因此，如果讀者能依此循序以進，當可收事半功倍之效。

撰寫學術論文與研究報告的十個基本步驟是：

1. 選擇題目
2. 閱讀相關性的文章
3. 構思主題與大綱
4. 蒐集參考書與編製書目
5. 蒐集資料，作成筆記
6. 整理筆記，修正大綱
7. 撰寫初稿
8. 修正初稿並撰寫前言、結論及摘要
9. 補充正文中的注釋
10. 清繕完稿

本書將就上述這些步驟，逐章加以討論。在每一章中，就各個步驟中所涉及的技巧以及應該注意的事項，分別敘述。在敘述中盡量多從實際上可能遇到的問題加以討論，而不單從理論的觀點下手，作「紙上空談」的說明。

1975年筆者開始在大學任教，深感若干大學在校同學對於學術論文的格式有不盡了然之苦。因此，不揣譾陋，編成《學術論文規範》（臺北：正中書局，1977年）一書，以提供大學及研究所同學參考之用。付梓以來，甚得各方賢達先進的獎飾與同學的喜愛，一年之內，三刷問世，給筆者在心理上無比的鼓勵。是以，再接再厲，進一步參考美國及臺灣所出版的論文寫作方法書籍，草成本書，以彌補前者之不足。《學術論文規範》一書，側重論文格式的討論；本書則從論文的作法上逐步討論，兩者相輔相成。本書中，除討論「注釋」部分係取自《學術論文規範》第五章原文，再增添英文例句外，本書之目的，不在取代前書，原書中其餘各章已討論者，舉凡論文的組織、名稱、數字、文體、標點符號、引文、表格、插圖及打字等，本書不再重複，是以仍盼讀者與《學術論文規範》一書，相互參照，以期寫出合乎水準的論文。

如何寫學術論文

目次

第一章　選擇題目

◆第一節　選擇題目的基本原則◆

在寫作論文時，首先面臨的問題就是該寫什麼？題目的選擇，關係著論文的成敗，因此決定論文題目時，必須經過審慎的考慮。

題目的決定在於提供一個可以遵循的研究方向，並界定一個明確的研究範圍。題目的選擇涉及寫作者的經驗能力與寫作的時限。因此，寫論文的第一個步驟，就是挑選一個自己有興趣、願意並且值得花時間去研究的題目。當然，所選的題目不能太大，一定要有充裕的時間來得及於限期內完稿，但題目也不能太小，必須要能找到足夠的資料，以免言之無物。所以，寫作論文的第一件事，便是慎選論文題目。選擇題目關係著論文的成敗，在決定論文題目時，必須經過審慎的考慮和選擇，語云：「好的開始，是成功的一半。」所以「慎始」最為重要。本章中，僅就一般性論文的寫作，在選擇題目時，所應注意的一些原則提出討論。

一、選題應依志趣

怎樣來發現或選擇論文題目呢？當著手寫論文時，若是教授沒有指定要寫哪一類的題目，而需要靠自己來選擇題目時，首先應考慮到的問題，是必須對所選擇的題目有濃厚的興趣，樂於作更深入的探討。最簡單的理由就是因為作者要花相當一段時間接觸並研究這個問題。從看書、找資料，到分析撰寫，如果沒有興趣，必定事倍功半。興趣是一切行為的動力，所謂：「好之者不如樂之者」，樂之才能努力不懈，忠實而深入。有了興趣才能發揮潛能並提供貢獻。因此，研究者可就其本身的興趣、本身的學術背景和條件，以及以往曾經選修過什麼樣的課程，來做一權衡，以決定適當的題目。陶孟和先生在論科學研究時曾說：「一個人的實際生活，常包含多方面的興趣，而歷史上許多的發現與發明，也由研究以外的興趣所引起。專一的興趣，僅屬於少數人的特質，並且也不見得是一種健全的現象。但是在研究的工作上，則必須具有這個為研究而研究，為了解而努力的態度〔注一〕。」這種探討宇宙事物興趣與科學求真的精神，是作論文必不可少也最須重視的條件。

二、對於所選題目應有相當準備

作學術研究的人，對於所選擇的題目必須要瞭解適當的背景。在寫論文之前，研究者雖不一定需要對所選的題目完全內行，但必須有適當的準備。譬如要從事有關中美貿易對臺灣經濟之影響的研究，必須對經濟學及國際貿易有適當的認識；要研究愛默生 (Ralph Waldo Emerson, 1803–1882) 的「超越論」(Transcendentalism)，必須對美國文學以及西洋哲學有基礎的認識。同時要注意所選題目是否涉及外國語文，如果對所研究題目的外國語文沒有相當基礎，僅知道本國的文字，以致材料不能蒐集齊全，則觀點自然流於偏狹，研究時所遭遇的困難，必然增多。此外，研究現代的社會科學及自然科學都需要適當的研究工具，諸如統計方法等等，如果從事這類統計調查資料的研究，沒有適當的訓練，必然是吃力而不討好的。

〔注一〕陶孟和，〈論科學研究〉，《東方雜誌》，第 32 卷 13 期（1935 年 7 月）：74。

三、題目宜切實，不宜空泛

選擇題目時切忌空泛而不切實。題目若太空泛，觀念容易混淆，不容易得到明確的結論，也找不出重心的所在，其結果必然言之無物，漫無目標，一無是處。這種論文不是現代科學中所說的論文，儘管說得如何天花亂墜，對於研究本身，卻無多大價值。

此外，有些題目往往不值得花時間去研究。我們常聽說「小題大作」，若干細微末節的小題目，尤其是婦孺皆知之事，無需小題大作；但遇到要推翻一般婦孺皆知的公理時，不但需要小題大作，而且還值得大作特作。最有名的例子是波蘭天文學家哥白尼 (Nicolaus Copernicus, 1473–1543) 推翻以往學說，提出地圓說，在當時確具有其時代意義。又如：1898 年 2 月 15 日，美國軍艦「緬因 (Maine) 號」在當時西班牙殖民地古巴哈瓦那港作友好訪問時，因爆炸而沉沒，成為導致美國與西班牙戰爭的近因。一般歷史學家都接受當時美國為此事所提的調查報告，認為「緬因號」是被西班牙所破壞。當時美西戰爭中，美國還有「毋忘緬因」(Remember Maine) 的口號〔注二〕。但是後來美國海軍上將雷克福 (Hyman G. Rickover) 引用科學證據，著書指出「緬因號」係因內部機械爆炸觸及船上火藥而沉沒的，並非外來的人為因素所破壞〔注三〕。這種提出新論點的翻案文章，自然不在前面所說家喻戶曉的事實之列。

〔注二〕*The World Almanac & Book of Facts, 1976* (New York: Newspaper Enterprise Association, Inc., 1976), p. 721.

〔注三〕*How the Battleship Maine Was Destroyed* (Washington, D. C.: Department of the Navy, 1976).

四、題目宜新穎致用

學術研究的目的，有繼往開來的意義和價值，任何研究論文都應以致用為目的，所以選擇題目，必須新穎實際，能與實際生活有關者為佳。學術研究如依據個人興趣而完全不顧時代的需要，必定會成為玄談空論，與人類生活毫不相干。我們雖不應用狹隘的實利主義來批判學術價值，但學術研究假如完全拋棄功用的目標，就很容易變成玄虛荒誕，枉費精力，毫無意義。因此，理論與實用必須相互為用。根據以上的理由，如果論文的題目能對新問題從事新的研究，發現新的學理，創造新的原則，那是再好不過了。不過，我們也可以用新的方法研究老問題。研究老問題時必須首先反問，這個問題是否有再研究的價值?資料是否已有增加?前人研究這個問題的方法是否仍然可行?譬如說，八股文的寫作現在早已廢止，如果某人現在從事研究「如何寫好八股文？」或「八股文的作法」，即使能把八股文的作法都研究透澈，畢竟對現代學術毫無裨益，此外要注意不宜選太新的題目，因為題目太新，資料往往不足，無法深入討論，很可能迫使作者半途而廢；同時一篇研究報告必須要有事實的依據，需要參考許多不同的資料，不能憑空杜撰。

五、避免爭論性的題目

學術研究首重客觀，一切玄談空論或是由來已久、僵持不下的問題，常會受到主觀感情的左右，而無法以客觀科學的事實加以佐證。譬如討論「男女之間有無真正友誼存在」時，全要看當事者雙方所持態度而論，紙上談兵，往往是隔靴搔癢，毫不相關。

因此，我們應該避免主觀或白熱化的題目。同時，由於研究論文最重要的條件就是客觀，以科學的資料作為結論的基礎。假如研究者已有強烈的主觀意識，例如選擇「從廁所文學看現代大學生活」為題，則在執筆之初，其態度就很難客觀，因為在廁所塗鴉的學生，只是大學生中少數中的少數，從少數中的少數來反映整個現代大學生，難免以偏概全，除非能改從另一個角度研究此問題，譬如「從廁所文學看偏激學生（或無聊學生）的生活變化」，惟是否偏激學生，就一定會在廁所塗鴉亂畫，則又是一個需要求證的問題。因此，諸如此類的題目應該避免。此外在論文寫作中要盡量避免不切實際的個人意見，同時也不要僅陳述問題的一面，而失去論文的客觀性。

六、避免高度技術性的題目

學術研究的重要目的之一，固然在探討新的知識、開闢新的學術領域，但是我們必須量力而為，否則「眼高手低」，一定無所成就。因此，原則上宜避免高度技術性的題目，除非是少數專家的研究報告，否則一位普通物理系學生，寫一篇有關「J 粒子的發現與影響」的論文，充其量只是拾人牙慧，或是一些膚淺的心得罷了。對於初學者，這就是吃力而不討好的研究工作，也非恰當的選擇。

七、避免直接概括的傳記

直接敘述式的傳記，容易造成像百科全書式的文章，或者變成試圖以很短的時間，為某人做蓋棺論定的敘說，這是非常吃力不討好的工作。通常以選擇某人生平的某一段時間，或是作品的某一方面，或者是影響此人一生的某些事件，來作為大學生學期論文報告的一部分，則比較實際。因為要為人寫傳，不是件容易的工作。美國一位研究馬歇爾 (George C. Marshall, 1880–1959) 將軍傳記的專家勃克 (Forrest C.

Pogue) 博士就為了書中有關馬歇爾在中國調停國共問題而遠涉重洋，專程來臺與我政府有關人士交換意見〔注四〕。這可以說明真正要寫好一部傳記，是多麼不容易，更不是一個大學生在一學期中所能完成的工作。

八、避免作摘要式的論文

知識的累積固然必須作一綜合分析，但是如果只有資料的綜合而沒有新的主題和論點，都不合現代論文的作法。因此除非有新的創見，否則單是重複別人已經發現的論點，只是炒冷飯的工作，並沒有學術上的價值。

九、題目範圍不宜太大

題目範圍宜小，因為題目太大，反而不易著手。有些人作文章常喜愛選擇大題目，他們以為題目範圍大，材料必多，殊不知題目愈大，材料過多，反而不易一一加以細讀，愈難組織成章，愈難有系統。如果勉強湊合成篇，不過是概括籠統的陳說，難免百病俱呈，前後矛盾。反之，題目範圍若小，材料容易蒐集整理，觀點亦易集中，往往可以從詳細的研究而達到超越前人知識領域的創境。

題目大小的決定，主要是靠資料來做決定，資料之有無，又常隨時間與空間而定。論文作者一定要對附近圖書館及環境有充分的認識和瞭解，才能知道什麼題目有足夠資料可以寫。古諺說得好：「巧婦難

〔注四〕勃克博士已著有 *George C. Marshall: Education of a General, 1880–1939* (New York: The Viking Press, 1963); *George C. Marshall: Ordeal and Hope, 1939–1942* (New York: The Viking Press, 1966); *George C. Marshall: Organizer of Victory, 1943–1945* (New York: The Viking Press, 1973).

為無米之炊。」沒有好材料一定作不出好文章。研究報告與寫論文一樣，固然需要作者獨到的見解，但最重要的仍必須有充分的資料作為佐證。由於我們對於材料的整理及觀念的選擇，題目的範圍也會隨之而升降。以下簡單的表格可以說明題目的伸縮性。

一	二	三	四
美國外交家	近代美國外交家	亨利・季辛吉的外交政策	亨利・季辛吉與全球權力平衡
醫學保健	心臟病的預防及治療	冠狀動脈性心臟病的治療方法	抗凝血劑對治療心肌梗塞的作用
經濟穩定的因素	匯率對經濟穩定之影響	歷年來港匯改變匯率對香港經濟之影響	1967 年港幣匯率自由浮動之後對香港金額的影響
左傳研究	左傳語法研究	左傳虛詞研究	左傳「所」字之研究
18 世紀的哲學	18 世紀的英國哲學	柏拉圖學說與美國 18 世紀哲學關係	柏拉圖學說與英國 18 世紀哲學的影響
神話學	中國神話研究	中國古代神話研究	楚辭天問篇之神話研究
中共的軍事	中共的「黨」與「軍」的關係	中共如何用黨控制其軍隊	中共紅軍之動力：軍事指揮員與政治委員（1927—1949）
專利制度	檢討我國現行的專利制度	我國的商標專用權	我國商標註冊對外商的保障問題
美國司法制度	司法判例對美國司法的作用	就「藐視法庭」的判例看美國的司法制度	1949 年「費雪控訴白斯」案的研究
美國文學	美國文學家愛默生	愛默生對美國文學的影響	愛默生的「超越論」
清代外交史	晚清對外交涉	曾紀澤的外交	曾紀澤與中俄伊犂交涉
小學教育	小學特殊教育	天才兒童教育	臺北區資賦優異兒童父母管教態度調查研究
家庭問題之研究	中國家庭問題之研究	中國婚姻問題之研究	中國離婚問題之研究

續上表

一	二	三	四
人口問題	中國人口問題	中國農村人口問題	中國農村人口生育率與死亡率的研究或中國農村人口年齡性別分配之分析
兒童幸福問題	臺灣兒童幸福問題	臺北市之兒童幸福問題	臺北市之兒童娛樂問題
犯罪問題之研究	中國犯罪問題之研究	上海犯罪問題之分析	上海犯罪問題之社會的分析
農村問題	中國農村社會問題	中國農村娛樂問題	中國農村兒童娛樂問題
勞工問題	中國勞工問題	中國童工問題	江蘇無錫之童工問題
中國社會思想	中國古代社會思想	周代的社會思想	孔子的社會思想
西洋社會學學說	西洋現代社會學學說	美國現代社會學學說	季亭史的社會學學說

◆第二節　如何縮小論文題目的範圍◆

一般大學同學對寫作論文最感困難的問題，就是如何找到論文題目的範圍。一般趨勢是喜歡選擇大的題目。中國人喜歡從大處著眼，以致大到無法在學校所指定時間內繳交。寫作一篇好的研究報告或論文，最好從小處著手，這並不是說要將已選好的題目輕易放棄，而是希望能將題目的範圍，作酌量的減裁。題目太大，往往無法作更深入的鑽研，也就失去研究的目的。本書願將縮小題目範圍的方法，略加介紹。

當遇到大的題目時，可由以下幾點作為考量縮減範圍的因素：

1.由問題某一特殊的面加以申述。

2.將題目設定在特定的時間範圍內。

3.從某一特殊事件來看此問題。

4.將以上三個因素合併討論。

譬如說我們希望研究的問題是有關臺灣的原住民同胞，那麼由第一個因素考慮時，我們可以專門討論臺灣原住民同胞中酋長或婦女的地位；或者他們與平地同胞的融合問題；或者他們的服裝與菲律賓原住民的服裝有何不同等，就可以將大題目縮減到一個較小的層次。

從第二個因素來討論時，我們可以研究日據時代臺灣原住民同胞的生活狀態；或者是劉永福領導之「臺灣共和國」時期臺灣原住民同胞的狀況等。

從第三個角度來看，我們可以討論在霧社事件中原住民同胞所扮演的角色等。

由第四個範圍中，我們可以敘述光復後臺灣原住民同胞經濟生活的改變等等。

以上四種辦法都可將一個大的題目侷限縮小至某一個層次，乃至於某一範圍中，而加以特定的研究。如果能因此而有所成就，這篇論文也就很有價值。下面將就如何選擇題目及縮小題目範圍的方法，再舉兩例：

一、季辛吉與全球權力平衡

1. 從戰略武器限制談判看季辛吉的全球權力平衡。
2. 越戰時期季辛吉全球權力平衡戰略的運用。
3. 中共在季辛吉全球權力平衡戰略中所扮演的角色。
4. 1973－1975 年中共在季辛吉全球戰略中的角色。

二、總理衙門的組織與功用

1. 總理衙門與近代中國外交人才的培養。
2. 1900 年初期總理衙門與中國外交。
3. 總理衙門在庚子事變談判中所占的地位。
4. 清末自強運動與總理衙門的人才培養。

第二章　閱讀相關性的文章

題目決定後，接著最重要的工作就是設法找一、兩篇有關這個主題的文章，俾對此問題作一般性的瞭解，並藉以導入主題。「好的開始是成功的一半」，看了具有權威性的文章，不但使我們對所要研究的問題獲致背景性認識，同時也會引發靈感，幫助設定所要研究的範圍及一些基本構想，甚至引起可以繼續追踪研究的論點。

因此如何選擇一篇好的文章或一本好書，對於以後從事此問題的研究是非常重要的。國外一般大學生選擇題目之後，首要的工作就是查找大英或大美百科全書中，對於這個問題相關性的一般資料。之後，才能很快地決定研究方向。假如第一本所閱讀的書籍，內容不正確或有偏差，無疑會導引至一個錯誤的方向，所謂「失之毫釐，差之千里」便是這個道理。以後要看許多文章，才能將原來的想法糾正過來，這是一個難以彌補的損失。

由於第一篇文章或第一本書多少會產生一些先入為主的觀念，往後再看的書或文章，不過是進一步證實想要研究的主題。假如最初的資料得之於正確的書或文章，則以後的工作就簡單得多了。雖然評鑑一本書或一篇文章的好壞需要靠經驗，不過，我們仍可以從兩方面來衡量一本書或一篇文章的好壞：

一、從書或文章的外在條件來衡量

㈠作者本身的條件

查查作者是否受過適當的學術訓練？是否被公認為該一科目領域

中的權威？假如就我們所知，該作者並不是一般公認的權威，則可再查查他是否具有相關的資格，而以權威的身分來撰寫此一特定主題？譬如其專長、專業狀況、經驗以及其所獲之學位等，都是顯示其實際條件的一些指標。如果書中的標題、序文及引言中都未提到作者的背景，則可設法在人名錄或類似的資料中翻查。

㈡出版者的條件

這要看出版者的信譽是否可靠？一個信譽良好的出版商所出版的書必定具有相當的水準，對沒有標明出版者的書，我們不免以懷疑態度視之；當然我們不能否認由私人刊行的作品也可能具有水準，只是好的出版商，可以給我們更多確定一本書價值的信心。

相同的，假使一篇文章被刊載在一本定期刊物上，我們就要查查，這本刊物是否被公認為是該科目領域中，具有權威性的資料來源。一份專屬某領域的學術雜誌或期刊，通常其內容比較嚴謹及更具權威性。特別是國外一般專業性學會組織所出版的機關報，例如亞洲學會(Association for Asian Studies) 的《亞洲學報》(*The Journal of Asian Studies*) 等，其資料內容向為眾人所認許、稱道。

㈢出版的日期

出版日期的早晚，對內容有相當的影響。譬如我們討論有關美俄戰略武器限制談判的問題，或者甘迺迪 (Robert Kennedy, 1925–1968) 一位美國總統候選人所做之競選活動問題，而打算在 1960 年代以前所出之雜誌或書刊上找資料的話，不是一無所獲，就是會只找到一些隔靴搔癢不著邊際的資料；反之，一些沒有時間性的問題，譬如宗教、中世紀的神蹟等方面資料，往往不受時間的拘束。

㈣客觀的條件

查查該書是否包括在好的參考書目中，同時在圖書館的卡片目錄和期刊索引中，該作者是否在同一主題下寫了其他的書及文章，以確定該作者是否為這一領域的專家。

二、對資料本身的內在條件加以評估

我們可以再從以下幾項資料本身的內在條件，來衡量該一資料是否對我們所要研究的主題有用。

1. 判斷這個作品，究竟是否與我們的題目發生直接關係？或者只是沾一點邊而已。⑴閱讀該書的序文，作者在書中所提出的宗旨，以及所想要研究的範圍是否與我們直接有關？⑵查視該書的目次表和索引內容。⑶在全書或全文中抽樣選看幾頁，是否與我們所要討論的主題相切合？
2. 審查原作者之觀點，是否客觀公正？對於事情的陳述，是否面面兼顧？對各方面的論點，是否給予同等的關注？用詞是否客觀而無偏見？有無採用感情衝動性文字之嫌等。
3. 注意書中陳述之事實，是否超過一般常理，所提出之觀點，有無證據？其證據是否合乎邏輯？支持觀點的資料，是否可信及具有權威性？各種資料（特別是數字資料）是否都注明來源等。
4. 檢查原作者因需要而作的陳述，是否附有注解，並具有證明與說服力？其資料來源是否正確？交待是否清楚？
5. 書中是否列有參考書目？因為任何學術性著作，必須要有科學佐證，其結論也一定要有具體資料的支持。

當以上幾項衡量標準都運用之後，我們仍然會面臨一項問題，那就是我們往往發現不同的作者，對同一問題會持有不同的看法，其看法甚至背道而馳，此時應採用客觀態度（即價值中立）來決定取捨。

有時，我們可以原作者下筆時間的先後作為取捨參考。下筆時間愈晚，則資料愈新，所獲結論也更能採信。此外還可藉用各種評論及書評的指導，譬如利用美國的《書評索引》(*Book Review Index*)、《書評文摘》(*Book Review Digest*) 等工具書去查到有關的書評，這些書評的內容都出自專家之手，可提供我們寶貴的意見。

假如做了以上檢查之後，仍有懷疑，可再向師長、論文指導教授及圖書館的專業人員討教，由於他們具有豐富的經驗，對這方面亦有深入的瞭解，一定會提供更具體的協助。

第三章　構思主題與大綱

寫文章最重要的是言之有物，而論文寫作更要講求言之成理。我們在把握住題目重心後，必須找出有關及有意義的論點來說明、探討，並進一步得到結論。如果沒有論點，也就無從論起。寫作大綱是一篇文章的骨幹，有了明確的大綱，不但能使寫作省時省力，更能使文章結構嚴謹、條理分明，因此如何構思論點及寫作大綱，實在是論文寫作時最基本、最重要的工作。

◆第一節　構思主題◆

何謂「主題」?「主題」就是一篇文章的「論點」，所謂「論點」(Theme) 就是作者需要證明的觀點和意見 。如果此項論點具有問題性或爭論性 (Problem or Conflict)，則論文會顯得更生動有趣。如果在提筆之初，即能迅速決定適當的研究論點，則可順利完成一篇好的論文。

一個好的論點，除了上述所謂的問題性與爭論性外，亦應考慮到它的範圍，必須大到能包含在一個題目之內，而又小到有足夠資料可供參考。簡而言之，就是小到有話可說，大到說得完、說得清楚。

構思文章的論點，可以參考下面兩個具體辦法：

第一，從一些參考工具書中，例如百科全書、期刊論文索引、書摘、書評等，在已決定的題目項下，尋找同類文章，藉此得到若干靈感。例如：在都市改建項下，有許多專家寫了有關這方面的文章，諸如：「都市改建費用」、「政府對都市改建的政策」、「都市改建後之影響」……等，我們因而會聯想到，那些因都市改建而被迫遷移的居民，將變成什麼樣子？對他們的生活所產生的影響又如何？因此我們可以寫一篇題為「都市改建後被迫遷徙居民的狀況」論文。

一般人寫論文進行到此階段，往往可以提出一些「假設」。根據上面的例子，我們可以假設，都市改建可能會造成某些低收入者被迫遷徙，政府與其強迫他們遷徙，不如另謀辦法替他們建造房屋，對他們作妥善安排；否則恐怕會產生嚴重的社會問題。根據這種假設，全篇文章就有了靈魂，然後據此蒐集資料，證明原先的假設正確與否。這就是基本論點的重要性。

第二，另外一種尋找論點的有效辦法，就是主動提出問題。任何一篇論文的結論，很可能就是回答一個問題的答案。譬如「哪些人是最早遠渡重洋到臺灣來的？」「臺灣最早的大學是何時設置的？」等，在解答問題中，往往會出現一些論點。研究過程中我們會發現，最早來臺灣的是一些中國沿海地區生活貧困的漁民——這只是一種假設。為了尋找此答案而去找材料，以求證原來的看法是否正確，這段求證的過程，往往也就成為這篇論文的精華所在。

◆第二節　論文大綱的擬定◆

擬定一篇論文的大綱，就好像繪製建築房子的藍圖一樣，沒有建築師事先草擬藍圖，工人也就無法蓋好一間令人滿意的房子。同樣的，寫論文沒有大綱的指引，任憑思想的奔馳，隨意下筆，思緒容易錯亂，甚至不知所云。這種盲無指向的寫法，常會遺漏中心主題，或是在幾個小的論點裡打轉，使得文章空乏而又欠缺一貫性。因此當我們構思文章的主要論點之後，就需要著手寫定大綱，作為整篇論文的指南及文章目次的藍本。因此論文大綱的擬定，主要目的有三：

1. 幫助我們蒐集材料，並加以組織。
2. 提供蒐集材料的範圍，指引閱讀資料的途徑。

3.提供蒐集材料的線索，作為筆記時的憑藉。

同時，我們在寫論文大綱時，必須留有空位，以便隨時增添新的綱目或刪除不需要的項目。

擬定大綱時首先可以根據個人的觀點，將重點全部列出，然後參考蒐集到的資料補入缺漏的。此時所有的材料仍是雜亂無章，必須再做整理，將之分列層次，何者重要？何者次要？何者需要先加以證明解說？何者可列後說明？再依照時間先後次序、地區的差別、事務的性質等，使之全部按邏輯歸理，分門別類，層次分明。

大綱的擬定就像一闋樂曲，通常作曲時將樂曲分為幾個樂章，每個樂章之下再分第一主題、第二主題……，每一主題下又細分開展部、再現部等。大綱的寫法也是依照這個原理，將繁多的細目納入各主題，每一主題又歸向全文的主要論點。我們可以用各種數字符號分別排列，使全文一目瞭然。

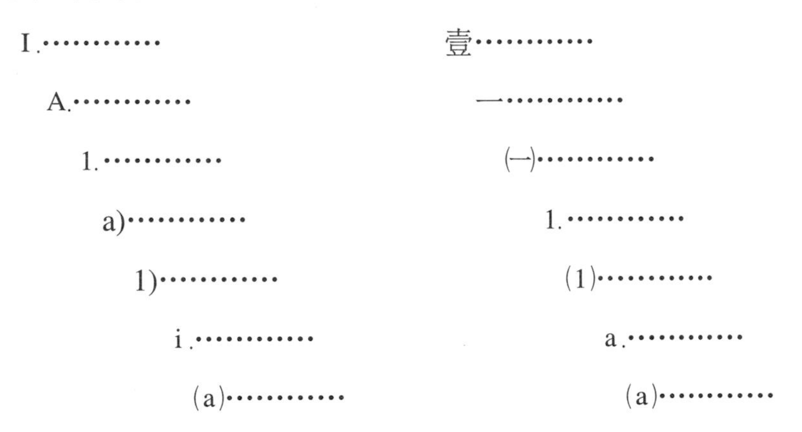
I.…………
A.…………
1.…………
a)…………
1)…………
i.…………
(a)…………

壹…………
一…………
(一)…………
1.…………
(1)…………
a.…………
(a)…………

擬大綱有兩個祕訣：第一，需要提出問題。換言之，就是要問為什麼、是什麼、什麼時候、怎麼樣等問題，然後將這些問題的答案記下來作為全篇的重點。第二，將各個問題分類成段，之後再細分成小段。

通常一般人擬定大綱時有兩種不同方式，一種是只寫出簡略的大標題，讓全篇有一概括的輪廓作為導引，然後再依照個人見解逐項發揮；另一種辦法是詳細列出各種大標題與細標題，並在各項目下將想要討論的問題一一開列出來，再根據細目分別找資料後，才下筆撰寫。這兩種方法可隨個人興趣、習慣，或是依論文的性質不同，隨機應變，作適當的選擇。

劃分細目雖然可幫助我們更有條理、有層次，更清楚地分析各種不同的問題，但各個細目之間，仍需有連貫性，而且與主題密切配合，以避免出現彼此矛盾或重複的現象。著手寫文章時，雖應按照大綱的順序，蒐集資料依次寫作，但是大綱並非一成不變，遇有新材料，仍可隨時補充修正，只要全篇顯得有組織，就已達到擬定大綱最大的目的。關於這點我們在後面還會繼續加以說明。

雖然在後面會詳細討論如何寫筆記，但必須在此先加以說明：作筆記時，最好在每一個筆記卡片上，加注「指示語」(slugs) 或標題。換言之，就是作大綱時所用的關鍵語，通常指示語是一個字或一個短句。這些指示語相當於大綱中的小綱目，在寫筆記時如能隨時與大綱目相配合、呼應，則在寫文章記筆記工作完成後，會比較方便整理。

◆第三節　構思主題與大綱的實例◆

對於大綱的作法，我們可以舉一實例來說明，譬如，為了要瞭解我們究竟應該採取什麼樣的方法，才能確實有效地達成認識美國人的目標，可以從社會層面去探討美國政治上的一群人〔注一〕。

首先必須要研究美利堅民族之形成及其發展。由於美國人口基本組成分子非常複雜，它是由各種不同民族匯合而成，是民族的大熔爐。

〔注一〕根據這個主題所寫的書，請參見宋楚瑜，《美國政治與民意》（臺北：黎明文化事業公司，1978 年）。

而構成美利堅民族的各個種族的習慣、性向、利益都不盡相同，因此造就了美國獨特的政治文化。此外由於各種民族的情感錯綜複雜，在政治上自然也產生一定的影響，其中最顯著的就是「重歐輕亞」的傳統外交政策。我們應該從這個方面來瞭解美國民族的形成和構造，尤其要研究的是，雖然大多數的美國公民都享有投票權，然而許多人並不實際參加投票，也不經常參加政治活動，因此只有部分積極參與政治的選民，才是真正能在美國政治上發生影響力的一群，於是我們必須要敘述、分析美國投票權發展的經過情形。

如果要掌握美國民眾中的大多數，也就是美國政治人口中的主力，我們必須要研究這些民眾大多數的性質如何？他們在各種不同年齡、經濟、教育、職業及政治見解等方面的基本傾向，以及他們所切身關心的問題又如何？瞭解這些美國人的基本性向，我們從事對美研究工作也有了可以把握的重點，研究也才能夠做得更有效、更具成果。

事實上，更應該注意的是那些經常對公共事務保持相當注意的大眾，他們也是美國民主政治中的骨幹，因此也必須要研究他們的性質與想法。

我們如果從更高的一個層次來看，在這些關心美國政治的公眾中，另外有一群人數較少，但是影響力更大的所謂「民意領袖」，他們是製造民意的先鋒，由於他們一言九鼎，往往能夠影響許多人。如何去瞭解他們？他們又都是些什麼樣的人？可以分成哪些不同的類別呢？

總而言之，我們必須從各種不同的角度，來徹底瞭解美國人，然後經由不同的媒介去與美國各方面做接觸，從而使美國人對我們有正確的認識，而匯成有力的集體優勢。此外，由於美國民眾是構成美國民意的基礎，也是美國政府外交政策的最後裁決者，如果希望利用美國的民意影響其外交政策釐定的過程，我們可以由以下幾點著手來研究這個問題：

1.瞭解美國的一般群眾。

2.瞭解美國人數中的大多數。

3.瞭解美國關心政治的公眾。

4.分析美國的民意領袖。

這幾個研究方向，也就構成了一篇文章的重點和大綱（參見附錄二範例一）。

第四章　蒐集參考書與編製書目

◆第一節　蒐集初步參考書目的目的◆

在構思論文主要論點，同時決定了寫作大綱之後，就要開列初步的參考書目。換言之，就是要蒐集前人對於有關問題已發表的資料。一篇好的論文，必須建立在一份完整可靠的資料上，因此開列參考書目是整個論文寫作過程的基礎，其重要性不容忽視。

編寫初步的參考書目，有以下五個主要目的：

1. 使作者確定論文的主題有足夠的資料可提供研究所需，換言之，如果發現資料不足，勢應另起爐灶。
2. 由於某些資料並非立即可得，例如從本地圖書館查詢系統，發現某項文獻是另一個圖書館所收藏，即可透過館際交換等方式獲得研究所需資料。
3. 讓作者先熟悉相關的題目，並決定研究的方向。
4. 從現有蒐集的資料中，可以看出所研究的題目究應擴充抑或減裁。
5. 從書目中能夠瞭解以往別人研究此專題的方向，同時也可以讓我們觸類旁通，發現一些靈感。

由上可見，製作一個初步的書目對於論文寫作的重要性。在目前知識爆炸的時代，資料浩瀚如海，如何尋找所需要的文獻，其本身就是一個需要十分注意的問題。我們最容易想到尋找資料的地方就是圖書館，它是資料來源最豐富的地方。我們必須瞭解附近有哪些可資利用的圖書館，固然一般圖書館可能有我們希望從事研究的論文題材資料，但是如果能對一些專門圖書館的性質與收藏多所瞭解，則資料之蒐集，一方面可更深入，另方面收獲亦比較大，也易找到更適切的論文資料。譬如在臺灣的學生想在美國的選舉年研究美國的選舉，要瞭解美國選舉狀況，則美國文化中心圖書館可提供一份最令人滿意的資料；一位學理工的學生想要找科技方面資料，最好到中山科學研究院的圖書館、國科會科技資料中心（現更名為國家實驗研究院科技政策研究與資訊中心）或清華大學圖書館等地去尋找；一位學社會科學的人如要參考社會科學文獻，則可借重政治大學的社會資料中心，那兒的資料相當齊備，想要參考第一手的善本手稿，則最好到故宮博物院或國家圖書館去找。

找到適合的圖書館之後，最重要的是要知道如何運用圖書館資料。除了詢問資深有經驗的圖書管理員外，對圖書館的基本組織也需要有所瞭解，以便充分運用圖書資源。至於如何從圖書館中選取可利用的資料，則有賴於對基本參考工具書的瞭解與利用。古語說得好：「工欲善其事，必先利其器。」工具書有如利用圖書館資料的一把金鑰匙。

不過，在討論蒐集書目門徑之前，我們必須先要強調一點，就是在此階段所做的基本參考書目並不一定就是最後論文完成時的參考書目。因為，第一，有些書可查到書名而不一定能找到這本書。換言之，知其名而不知其所在。第二，按照書名找到書以後，發現該書不一定對論文有用。第三，在書單開好後發現陸續又有新的增添，因此事後還要再加補充刪減。此外，我們還應注意一點，就是在找資料製作書目的過程中，不要侷限於一個地方，應該廣泛地運用圖書館資源來蒐集各方面的資料。

◆第二節　蒐集參考書目的方法◆

蒐集參考書目的途徑不外以下幾種：

一、充分利用學校及附近圖書館

在非科技資訊年代，一般設備齊全的圖書館，所收藏的書籍都會編目登卡，稱之為分類卡。有的按照中國圖書分類法（後更名為中文圖書分類法，以下同），有的採用杜威十進位分類法，亦有採用美國國會圖書館圖書分類法（詳見附錄一）。我們應該分門別類地去尋訪所需要的資料。假如我們對其分類不十分明確，則可以先找出主題中較重要的關鍵字 (Key Word) 去查詢，亦可利用有關研究此一問題的名家作者的姓名來查相關的資料，此方式仍適用於資訊科技發達的今日。

二、查考期刊目錄

近代學術研究不能離開期刊與學報，因為期刊資料新穎精簡，而近年來期刊指南與期刊論文索引的編製，提高了期刊的使用價值，以往透過期刊論文索引相關分類中，可以查到所需要的資料；現在因為電腦科技日新月異，網際網路 (Internet) 使用相當普及便捷，對於期刊與學報等索引資料，也都建置了電子化資料庫供查詢使用，像國家圖書館全球資訊網 (http://www.ncl.edu.tw/mp.asp?mp=2) 的「臺灣期刊論文索引」及其「電子資料庫」中的「ProQuest Central 西文跨學科學術資料庫」、「CONCERT 電子期刊聯合目錄」等，臺灣國家實驗研究院科技政策研究與資訊中心 (STPI, http://www.stpi.narl.org.tw/) 的「國內學術電子期刊系統」 (http://ejournal.stpi.narl.org.tw/NSC_INDEX/KSP/index.jsp)、「中國萬方數據資源系統」 (http://www.wanfangdata.com.cn/) 等等，都提供不勝枚舉的國內外各學門領域的期刊資料庫，內容豐富無比，使用者只需相互參照，不難發現有些一樣或雷同之資料庫，此時只需依個人習慣使用即可，善用查詢目錄工具，將可發現蒐集參考文獻工作不再是一件困難的事。

沈寶環先生指出，在使用期刊索引的時候，應注意以下幾點：

1. 盡可能使用彙集本 (Cumulated Index)，以節省時間。
2. 利用索引找尋資料時，應盡量先檢視最新年代的索引，依年代次序倒退，俾取得最新穎資料。
3. 使用紙本索引時，首先應注意封面及書背上之索引名稱及索引年限，再行翻閱。
4. 一般性期刊索引所蒐集的資料，不一定限於一般性；而專門性索引，也不一定限於專門性的資料，二者之間，實是相輔相成。因而找尋資料時，不可稍存偏廢。每種索引雖有其範圍和限制，但常需兩者兼用，才能找到適當材料。換言之，我們在找尋專門題目時，必須也在一般性索引中尋找，而找全盤性大題目時，也應盡量從專門索引中去尋找。各種索引所收集的對象不同，所收期刊的範圍不同，必須兼容並顧。
5. 特別注意各種索引時期的銜接，及若干索引停刊日期，是否能由其他索引接替等關係。
6. 根據索引找到資料所在時，如要再進一步查期刊之所在，則可利用雜誌指南，例如各圖書館所藏期刊目錄等的參考資料來找到雜誌本身〔注一〕。

下面除了列出一些重要紙本期刊目錄索引，也同時將提供至今仍刊行的相關期刊目錄索引電子網址 (Adress, URL) 俾利讀者參考使用。

1. 國家圖書館編。《臺灣期刊論文索引》。臺北：編者印行，1970 年—。

〔注一〕沈寶環編著，《西文參考書指南》（臺中：東海大學，1962 年），頁 161–63。

「臺灣期刊論文索引系統」(http://readopac.ncl.edu.tw/nclJournal/)原名《中華民國期刊論文索引》(紙本),自1970年創刊以來,收錄中西文期刊476種,1982年以後增至688種,至今已超過5千種。2005年更名為「中文期刊篇目索引系統」。為更符合資料庫所收錄之期刊係以臺灣之出版品為主,2010年再度更名為「臺灣期刊論文索引系統」,均依據中國圖書分類法(臺灣通行)按類編排。

2. 國立臺灣大學圖書館編。《中文期刊論文分類索引》。臺北:編者印行,1960－1982年。

本索引收編之期刊以臺灣光復後所刊行者為主,若干海外刊行之期刊及中文期刊內所附之西文論文亦予編入。但期刊中之社論、短評、書評、文藝創作等則未予編入。

編排係依中國圖書分類法順序排列,視實際情形列出若干分類號碼及標題。每條之記載首列篇名代號,其餘依序為著譯者、篇名、刊名、卷期、頁數及出版日期。

此索引分輯刊行,發行至1982年共17輯,收期刊計399種。

臺大圖書館所編之索引,其所載之論文並不限於社會、人文科學方面,內容較龐雜。體例與政大所編之《中文期刊人文暨社會科學論文分類索引》大致相同,兩書可互為參考。

3. 政大社會科學資料中心編。《中文期刊人文暨社會科學論文分類索引》。臺北:編者印行,1966－1969年,四冊。

本索引係就國內及香港出版之中文期刊74種中,凡有關人文及社會科學之論文,依賴永祥編中國圖書分類法(現更名為中文圖書分類法)加以分類彙編。自1966年起,編印第一冊,以後不定期編印。

所採編之論文旨在便利人文及社會科學之研究,是故與上述性質有關之論文,均盡量納入。每一論文,分別將其論文題目、作者、期刊名稱、卷期、頁數，及出版時間逐一注明。

4. 國家圖書館編。《中國近二十年文史哲論文分類索引》。臺北：編者印行，1970 年。

國家圖書館為總結 20 年來本國文史哲研究之成果，便利中外學人之索檢參考，乃編此索引。輯錄館藏 1948－1968 年間刊行之中文期刊，以有關中國哲學、語言文字學、文學、歷史、考古、民族學、目錄學等之學術論文為限。共收期刊 261 種，論文集 36 種，計 23626 條目。

本索引之印行，不僅可資分類檢索論文資料，且可藉以綜覽國內二十年來文史哲學科研究發展之趨勢。自 2005 年開始國家圖書館建置「臺灣文史哲論文集篇目索引系統」(http://memory.ncl.edu.tw/tm_sd/search_simple.jsp) 提供線上查詢，收錄 1945 年至 2005 年上半年所藏論文集作品 3300 餘種，近 6 萬篇篇目。

本索引及《中文報紙文史哲論文索引》是國內對於文、史、哲學科之論文所作索引最完整者，兩者可合併使用，對於文史哲資料之檢索助益不少。

5. *International Index to Periodicals*. New York: H. W. Wilson Co., 1907–1965.
6. *Social Sciences and Humanities Index*. New York: H. W. Wilson Co., 1965–1974.
7. *Social Sciences Index*. New York: H. W. Wilson Co., 1974–.
8. *Humanities Index*. New York: H. W. Wilson Co., 1974–.

《國際期刊索引》(*International Index to Periodicals*) 乃是《期刊讀者指南》的補篇之一，此一出版物收集期刊 170 餘種，因為部分為歐洲出版之期刊，故定名為《國際期刊索引》。其選擇期刊之重點偏重社會科學及人文科學，自 1955 年以後，這種偏向更顯加強，純科學及心理學期刊均被刪除，而另以 52 種社會及人文科學期刊代替。從 1965 年起，改名為《社會科學及人文學科期刊索引》(*Social Sciences and Humanities Index*)。自 1974 年起，則分編成《社會科學期刊索引》(*Social Sciences Index*)，及《人文期刊索引》(*Humanities Index*) 二書，均為季刊，有年彙編本。

9. *Readers' Guide to Periodical Literature*. New York: H. W. Wilson Co., 1900–.

《期刊讀者指南》(*Readers' Guide to Periodical Literature*) 簡稱 *Readers' Guide*，為近代期刊索引中最重要的一種。本書於 1900 年問世，1905 年發行第一次彙集本，創刊時僅收集期刊 20 種，至今已超過 300 種，均為普通性質期刊，絕大多數係美國出版品。每篇期刊論文皆依照作者和主題索引，有書名索引者僅限於小說。標題均採用名詞。

威爾遜公司除了發行印刷紙本索引之外，該刊資料（以下介紹該公司出版之各類索引）現都可經由 Wilsonline 線上 (http://www.hwwilsoninprint.com/periodicals.php) 或光碟（CD-ROM 型式，收錄 1983 年 1 月至今的資料）進行查詢。

10. *Poole's Index to Periodical Literature*. Rev. ed. Boston: Houghton Mifflin Co., 1891. 2 v. Supplements: 1887–1908. 5 v.

《蒲爾索引》(*Poole's Index to Periodical Literature*) 不僅是歷史上第一部期刊索引，也是研究 19 世紀期刊文學最重要的一部索引。

三、查考專門索引與目錄

這些專門索引與目錄都是為了一些特殊的主題，諸如：教育、經濟、文化、藝術、宗教、書評、醫學、工程、傳記等而編製。由這些特殊書目中，可輕易找出我們所需要的主題。以下列出一些重要書目及索引供讀者參考。

1. 國立臺灣師範大學圖書館編。《教育論文索引》。臺北：編者印行，1962－1977 年。

2. 國立臺灣師範大學圖書館編。《教育論文摘要》。臺北：編者印行，1978 年。

師大圖書館為使師生參考研究，原編有《近五年教育論文索引》一種，內容包括 1957 年至 1961 年出版之教育類雜誌，1960 年至 1961 年出版之綜合性雜誌及 1961 年各報刊所載之教育專論。收編報刊 90 種共錄文字 3 千 8 百餘篇，於 1962 年冬分兩期刊於師大《中等教育》月刊，並於 1963 年元月由該館印成單冊，訂名為《教育論文索引》。

1963 年《教育論文索引》，接續前刊編輯。選錄範圍以 1962 年起，在臺出版之中文期刊、報紙，以及所載前項索引未列之教育專論為主。共收期刊 35 種，錄得論文 1 千 8 百餘篇，仍依賴永祥中國圖書分類法分類排比，計 19 類。以期與前編系統一致而便查用。1978 年起改名為《教育論文摘要》。共收期刊 120 種，報紙 11 種，選錄論文 1223 篇，每條款且均有摘要。

3. 國立教育資料館教育資料組編。《教育論文索引》。臺北，國立教育資料館教育資料組，1972 年。

此索引與師大所編之《教育論文索引》性質相似，可互為參考。

此索引為年刊，乃國立教育資料館蒐集前一年之各種重要期刊報紙所載教育論文。所收錄之範圍，以在國內出版之中文雜誌、報紙刊載者為主，除教育論文外，其他有關教育方面之重要報告、研究討論會議紀錄、教育活動及語文用法等，為便參閱，亦併予採入。

本索引就論文內容分類編排，各類項目及次序參酌各家分類及實際需要而定。

各項目所列各篇論文，以每篇為一條，冠以號數，統一連貫編號，順序編排，每條列為：編號、篇名、著譯者、刊名、卷期、頁次（版次）及出版日期。

此索引收錄之教育論文，均分類彙存該館教育資料組以供查閱。

4.袁坤祥編。《法律論文分類索引》。臺北：三民書局，1963 年。

此索引收編之期刊，自 1947 年至 1962 年底，以在臺灣發行者為主，少數海外刊行之期刊，亦在收編之列，計 89 種。以法學期刊為主。其他雖非法學期刊而與法學有關之論著、譯述社論、短評、書評及法學雜論均在編引之列。所得之法律論文 6 千 3 百餘篇，分為法學總論、法律哲學、法制史、憲法及民刑法等 94 類。各類分別依法典章節順序編列細目，自成體系。每篇論文摘載編號、篇名、著譯者、刊名、卷期、頁數、出版年月、備註各欄，簡明扼要，取精用宏，全書共 50 餘萬言。書後附有著者索引。舉凡我國當代法學名家均包羅在內，各名家撰述之論文，皆於其下注明編號。

此索引其內容分門別類，類目詳細，章頁顯明，井然有序，範圍廣泛（國內、海外兼收），檢索方便，係當時檢索法學論文之重要途徑。

5.盛子良編。《中文法律論文索引》。臺北：東吳大學，1972 年。

此索引體例與袁坤祥氏所編之《法律論文分類索引》完全一致。惟袁氏之書所收期限至 1962 年底，而此書自 1963 至 1970 年，可說是前者之續。而此篇又索引了報紙中有關法學之論文。

本索引所收期刊共 111 種，報紙 15 種，論文 718 篇，依六法分類，其不入於六法者，分別歸於增列之「法學法律及法制」和「國際法及英美法」兩類，計 8 大類，133 小類。

6. 東吳大學圖書館編。《中文法律論文索引》。臺北：編者印行，1972—2000 年。

本書係接續前二種法律期刊索引編印，體例大致照前，原為雙年刊，自 1975 年後每年刊行一次。至 2000 年後配合資訊檢索技術的發展，重新整合更名為「東吳大學中文法律論文索引資料庫」(http://www.ncl.edu.tw/content_ncl.asp?cuItem=8808&mp=2)，收錄自 1963 年至 2004 年 3 月專業法律學術之期刊文章、報紙專論、學術論文等資料，另外也收錄大陸法學期刊論著等。

7. 馬景賢、袁坤祥編輯。《財政論文分類索引》。臺北：美國亞洲學會中文研究資料中心發行，成文出版社出版，1967 年。

本索引收編之期刊自 1945 至 1965 年底止，以在臺發行之中文期刊為主，少數海外刊行之期刊，亦在收編之列。參照賴永祥中國圖書分類法加以分類編排，並按實際內容再行細分。

編排順序：編號、篇名、著譯者、期刊名、卷期、頁次、出版年月、備註。各類編號，係按出版先後為序。

馬、袁二氏合編之《財政論文分類索引》，舉凡財政理論、財政歷史、財政政策、財政制度、財政實務及其他有關財政問題之論文，莫不搜羅完備，分類編號，都 6 千篇，一一註明出處，極便查考。不僅從事財政研究工作者，可循此獲取其所需之資料，政府財稅行政、議會財稅立法、工商企業及社會人士之欲瞭解財政問題者，莫不可以此為查考之工具。此外，尚有《經濟論文分類索引》、《貨幣金融論文分類索引》，與本索引同屬於一叢書，其體例皆相同，亦可作為參考之用。

8. *Agricultural Index*. New York: H. W. Wilson Co., 1919–1964.

9. *Biological and Agricultural Index*. New York: H. W. Wilson Co., 1964–.

《農學索引》(*Agricultural Index*) 收集期刊 115 種，均為農學及農業相關學科之期刊學報，有關農業之書籍、報告、小冊子、美國政府農林部出版品等，都在收集之列。本索引為一主題索引，每年有彙集本，每間隔三年更有大彙集本。此一索引於 1919 年創刊，1964 年此一出版品停刊，由《生物學及農學索引》(*Biological and Agricultural Index*) 代替。

《生物學及農學索引》蒐集有關農業、植物學、生物學、動物學等之英文期刊，依主題索引。

10. *Architectural Index*. Chicago: Architectural Index, 1951–.

《建築學索引》(*Architectural Index*) 一年出版一次，每年將過去一年中 7 種美國主要建築學期刊，加以索引處理。此為一專供建築學專家使用的索引。

11. *Art Index*. New York: H. W. Wilson Co., 1929–.

《藝術索引》(*Art Index*) 收集資料範圍甚廣，考古、建築、美術、工業設計、室內裝置、園藝風景、繪畫、雕刻等學科，皆被收容。索引期刊約 6 百種，每季出刊一次，每年及每三年均有彙集本，索引辦法係將著者與主題混合依字母順序排列。

12. *Biography Index, A Cumulative Index to Biographical Material in Books and Magazines*. New York: H. W. Wilson Co., 1946–.

《傳記索引》(*Biography Index*) 為一季刊，每年有彙集本，每三年有大彙集本。本索引收集各種類型傳記資料，如書籍、日記、備忘錄、族譜、訃告、期刊論文，均在索引之列。威爾遜出版公司索引系統所索引超過 62 萬筆的文章及書籍資料，報紙上所載新聞人物，不在收集範圍之內（惟一例外為《紐約時報》刊登之訃告）。

13. *Dramatic Index*. Boston: F. W. Faxon Co., 1910–1950. 39 v.

14. *Cumulated Dramatic Index, 1909–1949*. Boston: G. K. Hall Co., 1965.

《戲劇索引》(*Dramatic Index*) 為每年出版一次的專門索引，此一索引同時發表於《書目雜誌》(*Bulletin of Bibliographies*) 之中，而由《期刊主題索引年刊》(*Annual Magazine Subject Index*) 加以彙集，至1949年後，即不見本索引發行。霍爾公司 (G. K. Hall Co.) 為學人參考便利，將41卷《戲劇索引》，彙編為《戲劇索引合訂本》(*Cumulated Dramatic Index, 1909–1949*)。

據華爾福 (A. J. Walford) 稱，此一索引，頗有美國偏見，但此一主題索引對研究戲劇，仍有極大功用，因為戲劇索引 1909–1949 合訂本，為找尋150種英美出版戲劇及電影期刊資料之唯一指南。由此一索引，研究者可查出劇本著者、演員傳記資料、演出評論等。

15. *The Education Index: A Cumulative Author and Subject Index to a Selected List of Educational Periodicals, Books, and Pamphlets*. New York: H. W. Wilson Co., 1929–.

此書為一著者及學科混合索引，收集約8百種期刊中的資料，其中大多數為美國出版物，英國出版的期刊不過數種而已。

16. *Engineering Index*. New York: Engineering Information Inc., 1884–.

所謂《工程索引》(*Engineering Index*) 是一個主要收錄工程、科學等技術的期刊、學報、會議論文及政府出版品等文獻的世界四大著名檢索工具之一，簡稱 *EI*。此一索引收集資料甚為廣泛，超過6500種期刊及1430萬筆書目資料，採用近40種語言文字，因此附有翻譯部門為研究者所需提供服務。

17. *Industrial Arts Index*. New York: H. W. Wilson Co., 1913–1957.

18. *Applied Science and Technology Index*. New York: H. W. Wilson Co., 1913–.

19. *Business Periodicals Index*. New York: H. W. Wilson Co., 1913–.

《工業藝術索引》(*Industrial Arts Index*) 為一依字母順序排列主題索引，其收集期刊達 3 百種，大部分為英美出版之工商期刊。

1957 年本刊改版為 《應用科學技術索引》 (*Applied Science and Technology Index*) 與《商業期刊索引》(*Business Periodicals Index*)，現前者收集期刊 7 百餘種，後者收集超過了 1000 種。

20. *Library Literature and Information Science Index*. New York: H. W. Wilson Co., 1905–.

該索引每隔一月出刊一次，另有每年及三年彙集本。此一出版品為一有關圖書館及資訊科學之索引。每一款目均附有短評 (Annotations)，短評長短程度參差不一。大體書籍及英文以外文字所寫的論文的「短評」較長。論文收集並不限於專業性刊物，任何刊物中有關圖書館文字皆在收集範圍以內，另相關的圖書、小冊、捲片、縮影片、圖書館學校論文、研究報告等也一併編入。

21. *Index to Legal Periodicals*. New York: H. W. Wilson Co., 1908–.

本書以主題和作者混合編排方式索引在美、加、英、愛爾蘭、澳大利亞、紐西蘭等國出版之法律期刊千餘種，每月出刊，有每季及年彙編本。

22. *Music Index: the Key to Current Music Periodical Literature*. Detroit: Information Service, 1949.

《音樂索引》(*Music Index*) 主要為一主題索引，樂曲的評論則編排於作曲人及使用樂器項下。本索引每月出刊，每年有彙集本。刊行初期，使用者對此一索引收集範圍狹窄，頗有評議，後來編輯部門力求改善，收集期刊在 150 種左右，其中半數以上為美國出版品。

本索引最大用途，為找尋普通期刊不常登載資料，及其他索引不收集之音樂項目。關於古典音樂方面，本索引資料可以《音樂書目》(*Bibliographie des Musikschrifttums*) 補充其不足。

23. *Psychological Index*. Princeton: N. J. Psychological Reviewing Co., 1895–1936. 42 v.

《心理學索引》(*Psychological Index*) 收集 3 百種心理學期刊學報所載論文，以及較重要心理學書籍。此一索引每年刊行一次，編組方式依主題分類，但索引部分，僅限著者一種，《心理學索引》現由《心理學文摘》(*Psychological Abstract*) 代替出版。

24. *Public Affairs Information Service Bulletin*. New York: Public Affairs Information Service, 1915–.

《公共事務資料服務雜誌》 (*Public Affairs Information Service Bulletin*) 簡稱 *P.A.I.S.*，為研究社會科學最重要的參考資料。

P.A.I.S. 之所以列入索引類討論的原因，是此一出版品，索引將近 1 千多種精選社會科學期刊，但 *P.A.I.S.* 重要並不在於索引而在於事實與統計 (factual and statistical information) 資料。

P.A.I.S. 為定期更新，依學科排列，每年彙訂數次，每年終了發行合訂本，年刊中另附有索引期刊簡稱與全名對照表、出版商及機關團體名單、參考書檢討。自 1956 年起，年刊中附加有著者款目，對於各國國情報導以及參見之完善，都是本出版物可以自豪之處；自 2006 年 9 月開始數位化。

四、查看基本參考書目

基本參考書目可提供線索，指引我們繼續追踪查考所需的資料。惟近年來電子資料庫已發展成形，紙本書中最受影響的應該首推參考工具書的印行，因為使用者可以從線上資料庫取得查詢的資料；雖然如此，我們仍將過往重要的中西文參考工具書羅列如下，讀者仍可從中獲得找尋資料的方向。

1. 沈寶環編著。《西文參考書指南》。臺中：東海大學，1966 年。

本書是針對研究工作者、研究生及一般大學生的需要所編製的，主要在介紹西文的重要參考書。本書收集的重點以 1965 年前在美國出版的參考書為主，間或介紹英德法等國之出版品，同時選擇的態度十分謹慎，對每本書所作的短評，均係綜合各權威書評及專家的意見，為一本非常重要、不可或缺的西文參考書指南。

2. 李志鍾、汪引蘭編著。《中文參考書指南》。臺北：正中書局，1972 年。

本書收列參考書 1535 種，以 1945 年臺灣光復後至 1971 年 6 月在臺編印及影印出版之中文圖書為主，外文參考書以及 1971 年 6 月以後出版之參考書亦酌予收錄。全書共分六編，惟仍以人文、社會科學、歷史及地區研究為主要搜集對象。

3. 張錦郎編著。《中文參考用書指引》。臺北：文史哲出版社，1979 年。

本書原作為圖書館系學生參考之用，書中一一列舉重要參考書籍，包括：參考工具書、書目、索引、字典、辭典、類書、百科全書、年表鑑、傳記參考資料、地理參考資料、法規、統計、名錄、手冊等。收集資料豐富，為重要的中文參考用書。

4. H. R. Malinowsky 原著 。《科技參考文獻》 (*Science of Engineering Reference Sources*)。沈曾圻等編譯。臺北：技術引介社，1976 年。

本書原係專供教「科技文獻」的教師或圖書館員作為教科書之用，但亦可幫助大學生作科技文獻之指引，以便於研究前的資料準備工作。全書包括數學、物理學、化學、天文學、地質學、工程學、生物學、植物學、動物學、醫學等。本書為研究科學的學生不可或缺的參考書。

5. Louis Shores. *Basic Reference Sources: An Introduction to Materials and Methods*. Chicago: American Library Association, 1954.

修爾斯的《基本參考資料》是參考書中最著名的一種。本書所收集的範圍包括：一般性參考資料、學科參考資料以及參考工作討論。書中立論客觀，包括範圍亦相當廣。

6. Eugene P. Sheehy. *Guide to Reference Books*. 9th ed. Chicago: American Library Association, 1936.

本《參考指南》是參考指南中最大的一種，所收集的參考書在 1 千 5 百種以上。此書於 1902 年開始出版，所收集的資料對大學圖書館尤其實用。

7. A. J. Walford. *Guide to Reference Material*. 2d. ed. London: The Library Association, 1966–70.

這是英國出版的參考書指南，自 1966 年至 1970 年間，連續出版 3 冊，第 1 冊內容包括科學、技術；第 2 冊包括哲學、心理學、宗教、社會科學、地理、歷史、傳記等；第 3 冊則包括總類、語言、文學、藝術等。此書特點是對每一本參考書的評語和取捨之間，都有明顯的英國立場，同時在書評方面，對外國的百科全書、國家目錄等的評論與形容，均較西比 (Sheehy) 所作的深入。

8. Robert W. Murphey. *How and Where to Look it Up; A Guide to*

Standard Sources of Information. New York: McGraw-Hill Book Co., 1958.

此一參考書可分為四部分，主要為參考書及其用途、基本參考資料與各種討論人、地、事之特種參考資料及索引。本書簡單扼要，十分實用，特別是各章前的介紹文字，使讀者在瀏覽書目之前，先有一通盤的觀念。

9. *American Reference Books Annual*. Littleton, Colo.: Libraries Unlimited Inc., 1970–.

《美國參考工具書年度書目》英文簡稱 *ARBA*，每年出版，收集前一年在美國出版之參考書，按類編排，每書均有評介。自 1970 年發行至 2013 年已出了 44 版，收錄超過 1 千 5 百種以上的參考工具書。

五、參考有關博、碩士論文目錄

目前國內外博士、碩士論文，均係研究生就其選定之專題，在教授指導下之精心撰著，涉及題材很廣，可供參考之處甚多，惟大多數均未正式出版。此類論文收藏在臺灣較完整者為國家圖書館和政大社會科學資料中心(簡稱社資中心，http://www.ssic.nccu.edu.tw/index.php/tw/)，除紙本收藏外，前者自 1997 年建置「全國博碩士論文摘要檢索系統」，至今所使用的「臺灣博碩士論文知識加值系統」(http://ndltd.ncl.edu.tw/cgi-bin/gs32/gsweb.cgi/ccd=ldUc4w/webmge?Geticket=1)，曾歷經三次的改版，共收集已授權論文全文將近 29 萬筆、紙本論文掃描檔（只限國圖所屬電腦使用）1 萬 6 千筆以及書目與摘要逾 82 萬筆，是收錄臺灣地區博碩士論文數位化作業最為完整的資料庫；後者則自 2002 年建置「政大博碩士論文全文影像系統」(http://thesis.lib.nccu.edu.tw/cgi-bin/gs32/gsweb.cgi/ccd=Kv.6Qb/webmge)，收集博碩士論文全文 2 萬 7 千餘筆及摘要 3 萬餘筆。

以下介紹的五種是在 1970 至 1980 年代較重要之綜合性及專門性博碩士論文目錄紙本出版品：

1. 王茉莉、林玉泉主編。《全國博碩士論文分類目錄》。臺北：天一出版社，1977 年。

本目錄收編之論文以國家圖書館和國立政治大學社會科學資料中心所典藏者為主；收輯 1949 年至 1975 年（並包括 1976 年之一部分）之臺灣博士、碩士論文及港澳地區碩士論文之一部，以及軍方派遣國外深造人員所撰之論文共 8691 篇，各論文之編排，係參照賴永祥「中國圖書分類法」，並酌分細目、附著者及篇名索引。

2. 政大社會科學資料中心編。《國父思想資料、博士與碩士論文目錄》。臺北：編者印行，1972 年。

第一部分為政大社會科學資料中心「中山資料室」的藏書有關目錄；第二部分為政大 1956－1970 年的博士與碩士論文有關目錄；前者按類編排，後者按各研究所分別列出。

3. 教育部高等教育司編。《各院校研究生碩士論文提要》。臺北：正中書局，1976 年。

本書收錄全國公私立大學暨獨立學院（包括海外及軍警院校）研究所碩士班論文提要，編排依照研究所類別分文、法、商、教育、理、工、農、醫等八類，再依校別排列，各篇論文分別記載題目，作者校名、姓名，指導教授姓名，提要本文，文末並附作者索引。

4. 楊孝濚編。易行、鄭振煌同譯。《國立政治大學新聞研究所傳播研究論文摘要》。臺北：政大新研所印行，1972 年。

本書收錄政大新研所成立 20 年以來部分有關傳播研究之碩士論文中英文摘要，至 1974 年出版了三集。

5.教育部學術審議委員會編。《博士論文提要》。臺北：商務印書館，1980年。

本書收錄1960年至1978年底各年度由教育部頒考之全部博士學位論文提要凡270篇，依文、教育、法、理、工、農各學科順序及授予學位先後時序編排，文末附學位授予法及施行細則。

六、查參特殊的百科全書

有很多百科全書在每一篇文章後面常附有重要的參考書目，對某些主題可提供進一步查證研究。重要百科全書，也分列於下，以供參考。

1. *The Encyclopedia Americana.* New York: The Encyclopedia Americana Corporation, 1982. 30 v.

《大美百科全書》於1829年至1833年間出版，是根據德國著名的《大百科全書》(*Brockhaus Konversations Lexikon*)中的資料改編而成，為現存純美國所著之百科全書中歷史最悠久的一種。本百科全書執筆者超過6千人，所有重要條目均由執筆者署名。1918年至1920曾大肆修訂，共30卷。由於內容廣博，編製得法，成為最受歡迎而採用最普遍的參考工具書之一。此百科全書亦提供線上檢索系統，可依文章標題（Article Title Search）、全文（Full Text Search）、主題（Topic Search）及瀏覽（Browse）等方式檢索資料。

2. *Encyclopaedia Britannica.* Chicago: Encyclopaedia Britannica Inc., 1982. 30 v.

《大英百科全書》是英文百科全書中最著名、最資深及最大者，是一部成人用的大百科全書，創刊於美國獨立前8年，創辦者是英國的仕紳學會(A Society of Gentleman)，而於1920年為美國西爾斯公司

(Sears, Roebuck & Co.) 購得版權，並於 1943 年轉贈芝加哥大學 (University of Chicago)，現在已自行成立公司經營，與芝大無關。本書執筆者多達 1 萬人，均為舉世聞名之學者專家，1985 年曾大規模修訂。90 年代初發行光碟（CD–ROM），並有線上查詢系統。

3. *Collier's Encyclopedia*. New York: Crowell Collier Publishing Company, 1962. 24 v.

《庫立爾百科全書》於 1949 年至 1951 年間出版，為美國三大百科全書之一，就篇幅文字而論，僅次於《大美》、《大英百科全書》，為百科全書中最精緻美觀者。其執筆學者專家亦多達 5 千人，所有主要的文字均經執筆者署名，本百科全書同樣有光碟（CD–ROM）版及線上查詢檢索系統。

4. 陳可忠、趙蘭坪、王伯琦等主編。《東方百科全書》。臺北：臺灣東方書店，1953 年。3 冊。

全書分 30 篇，由 50 餘位專家學者執筆，每篇均註明編撰人姓名，每一學者就該學科之基本概念做一有系統之敘述，各學科不再分類，計包括社會、法律、商業、政治、生物、地質等數十科。

5. 中國文化大學、中華學術院編。《中華百科全書》。臺北：編者印行，1981 年。

本書共有 10 冊，內容包括三民主義、哲學、宗教、傳記、科學、法律、軍事、醫學、新聞、經濟、政治、海洋等 40 部門，採用辭典式綜合編排，全書辭目共 1 萬 5 千餘條，各辭目撰稿人，係邀集國內學者專家約 2 千餘人擔任之，文末標明執筆者姓名。

七、查閱各書店和報紙的出版週刊、圖書目錄或彙報

通常各大出版公司會定期編印一次圖書目錄和彙報，免費分贈顧

客。例如臺灣商務印書館及三民書局所出的《圖書目錄》，歐美各大圖書館的圖書目錄一經函索，亦會免費寄贈。國家圖書館全球資訊網「全國新書資訊月刊」(http://isbn.ncl.edu.tw/NCL_ISBNNet/) 也提供新書出版訊息，是一個相當便捷的管道。

八、留意各書店新書日報、月報及新書廣告等

國內各大書店為推銷新書，常在各大報刊登廣告，其中與研究有關的各種參考書目，應隨時抄下備用。

九、留意報章雜誌上各種新書介紹與書評

各種期刊不但刊有新書廣告，而且多設有書評欄，邀請專家對最近出版的新書加以簡單評述與介紹，不但使讀者知道新書作者姓名、出版書店、地點、時間和價格等，同時還藉以瞭解該書之內容大要與評價。一般來說，撰寫書評的人均為該行中的專家，他們對於每本書所作的批評，都有值得參考的價值。此外，由於他們對新書所提的論點，以及在書評中，他們就個人的看法加以申述，往往會給我們一些新的靈感和啟示。

十、查考討論某項問題的書籍，其中所開列的參考書目，也是我們研究同類性質所需用的參考書

普通書籍，尤其是教科書，在書後通常都附有參考書目，甚至在每章之末，都附有特殊問題的參考書目。例如討論人口問題的書，後面會列有關於人口問題的參考總目，每一章後面都有關於某一方面人口問題的參考書目，這比到圖書館再查詢來得更直接。

十一、查考有關某項問題之專文所列的注釋

在這些注釋中，一方面可以瞭解作者思想的來龍去脈，另外也提供進一步研究的資料來源。因為在許多文章中，其本身只討論一個狹隘的主題，對其他方面往往一筆帶過，而在注釋中則說明了這些資料的來源，提供進一步研究的線索。

十二、查考政府機關及學術團體所出版的書籍目錄

政府機關出版之書籍，有些是非賣品，亦有些是可出售的。出售的書籍大多印有目錄。美國政府出版品，就有很好的目錄可供我們參考。國內政府機關出版的圖書資料，特別是統計數字方面資料，確實值得我們重視，這些資料亦可透過機關的官方網站取得，而一般學術團體所出版的書籍，尤其需要隨時留意蒐集，不宜忽略。

十三、查考各國所出版的總書目

比如美國的《圖書索引集成目錄》(*Cumulative Book Index*)、《美國圖書總目錄》(*National Union Catalog*)、《英文圖書目錄》(*English Catalogue of Books*)、法國的《法文圖書總目》(*Catalogue Général des Liver Imprimés*)、《日本出版年鑑》等，都將其本國當年圖書出版的情形做完備的報導，是尋找參考書不可少的工具書。

十四、留意各學校及機構所印發的各種新增圖書目錄

各學校收到新購的書目或私人、機關新增的書刊，在編定目錄後，通常會出版新增圖書目錄小冊，各機關亦有這種印發新增書目的習慣。

十五、查考中外書店出版的圖書總目錄

各書店為求推銷和營業便利，常印有書店出版的圖書總目錄，以便顧客查用。例如，美國出版者的《營業年鑑》(*Publishers' Trade List Annual*)，《圖書出版目錄》(*Books in Print*)，《分類出版目錄》(*Subject Guide to Books in Print*)，此外我國亦有全國總書目的發行，如過去在大陸上生活書店的《全國總書目》，及開明書店的《全國出版總目錄》等。

十六、請教專家

由於現代學術分工精細，各種問題逐漸趨於專門化，個人的時間與精力有限，研究的問題無法過於廣泛，對各種專門問題不妨請教專家，由於他們對這一行已有深厚研究，對參考圖書的選擇必定會有助益。

十七、查考一些重要書摘索引

如果所找出的書目太多，而無法判斷如何取捨，可先查有關的書評索引，從中擇取所需要的。

十八、比索引更好的是摘要或提要

圖書摘要不但可在極短的時間瞭解圖書文章的內容，也可迅速找到所要的資料。重要的摘要有：

1. *Book Review Digest*. New York: H. W. Wilson Co., 1905–.

《書評摘要》(*Book Review Digest*) 每月出刊一次，每半年、一年有彙集本，每隔 5 年之年刊附有 5 年彙集索引。這個摘要每年收集 4

千冊書籍書評，被收入的作品必須經過二種以上書評期刊的評論，小說被收錄的條件更為嚴格，至少要取得四種以上的書評。因此這一摘要所收錄的書籍，雖不一定皆為傑出的作品，但至少都是引人注目的著作。

2. *Book Review Index*. Detroit: Gale, 1965–.

《書評索引》(*Book Review Index*) 與《書評摘要》不同，《書評索引》是全盤性的，凡是約定的 400 餘種美國期刊、報紙及若干美國以外地區之期刊、報紙中所刊載的書評，均為索引收集的對象，因此收集的書及論文範圍甚廣，無論是學術性的或通俗作品，均在收集之列，僅有科學及技術方面之刊物，不在索引之內。該索引除以紙本形式出版外，也發行縮影版，同時可從 DIALOG 資料庫查詢。

十九、報紙及報紙論文的索引

報紙及報紙論文的索引亦十分有用，除了以下列出一些重要的報紙及報紙論文紙本索引外，像國家圖書館全球資訊網「全國報紙資訊系統」(http://readopac.ncl.edu.tw/cgi/ncl9/m_ncl9_news)、立法院全球資訊網 (http://www.ly.gov.tw/innerIndex.action) 的「新聞知識管理系統」等線上檢索系統，對於查詢資料幫助甚大。

1. 國立政治大學社會科學資料中心編。《中文報紙論文分類索引》。臺北：編者印行，1962 年－1993 年。

本索引收集範圍為臺灣及香港等地出版之各種中文報紙，如《中央日報》、《中華日報》、《新生報》、《聯合報》等 22 種。所載論文以有關社會科學及與政大各院、所、系有關之人文科學之學術論文為限。依賴永祥中國圖書分類法加以分類編排，每年出版一次。

這部索引可說是當時臺灣將有關報紙論文加以分類編排最完整

者，而且也沒有其他的學術機構重複做這項工作。其參考價值甚高，而難能可貴的是，此索引自第一輯出版以來，每一年出一輯，至 1993 年止。對於社會科學資料、論文之檢索，貢獻很大。

2. 張錦郎編。《中文報紙文史哲論文索引》。臺北：正中書局，1973－1974 年。

體例與《中國近二十年文史哲論文分類索引》大致相同，另有一個標題索引，就論文內容之人名、地名、書名、朝代名稱、種族名、典章制度、重大史實、物名等標題提出，按筆劃多寡先後排列。

本索引收錄《中央日報》等 20 種中文報紙，從 1936 年元月至 1971 年 5 月，有關中國哲學、語言文字學、文學、歷史、傳記、專史、考古學、民俗學、圖書目錄學等之論文資料，1 萬 2 千 1 百 27 篇。除論文外，凡隨報發行之特刊、紀念刊、紀念個人之社論，具參考性質之訪問特寫及《中央日報》之《中央星期》雜誌，《聯合報》之《聯合週刊》等亦兼列之。

收錄之論文，主要根據國家圖書館所藏的中文報紙而旁及國立臺灣大學研究圖書館、國立臺灣圖書館（前省立臺北圖書館）及師大圖書館之庋藏。

此索引，係張氏繼《中央日報近卅年文史哲論文索引》之後所完成的第二部索引，體例一似前編，為用至大。可以說是臺灣當時報紙索引中收羅最豐，體例最完美的一種。

3. *New York Times Index*. New York: New York Times, 1913–.

美國《紐約時報》為世界最重要的報紙，該報之索引對世界及美國本身新聞報導、重要文件、演說全文、權威性的書評與影評、美洲及世界大事的分析、商情的報導、重要人物的訃告等均有完整之資料，研究者往往不需要閱讀報紙本身，僅借索引即可取得若干事實之答案。

4. *Times Official Index*. London: Times Office, 1907–.

英國《泰晤士報索引》於1906年開始編製，編製方法及範圍與《紐約時報索引》略同，此索引之價值，在於對有關英國及歐洲大陸資料的收集，較為詳盡。

二十、電子資料庫索引系統

對於撰寫學術論文者而言，在一指走遍全世界的e世代裡，懂得運用資訊工具檢索資料，可省去很多時間，而文獻電子資料整合的工具，也日益推陳出新。除了各大學圖書館各自建構的電子資料庫外，茲列舉臺灣幾個重要的資訊網絡平臺如下：

1. 國家圖書館 (http://www.ncl.edu.tw/mp.asp?mp=2)
2. 國家實驗研究院科技政策研究與資訊中心 (STPI, http://www.stpi.narl.org.tw/) 的全國學術電子資訊資源共享聯盟 (http://cdnet.stpi.org.tw/db_search/15_monograph.htm)
3. 中央研究院圖書館 (http://aslib.sinica.edu.tw/index.html)

以上圖書館都提供數不勝數的電子資料庫與「網路資源」分享，其中包括政府各機關公報資訊系統、各公私立大學圖書館如臺灣大學圖書館 (http://www.lib.ntu.edu.tw/) 等或與國外大學圖書館如加州大學柏克萊分校圖書館 (http://www.lib.berkeley.edu/) 的連接等等，綜合性、專業性的資料庫互通有無，實已建構形成一個資訊網絡地球村；使用者通常只要透過電腦網路即可與國內外大型圖書館或研究機構連接，再點選主題項目，即可進入查詢，舉例說明，如果欲找尋大陸地區的博碩士論文，可以透過國家圖書館的館內電腦進入「電子資料庫」(http://esource.ncl.edu.tw/esource.htm) 點選「中國知網（清華同方）CNKI：中國期刊全文、中國博碩士論文全文」系統，此系統收錄自

1915年以後的學位論文，或者可使用國家實驗研究院科技政策研究與資訊中心的資料庫檢索系統 (http://cdnet.stpi.org.tw/db_search/15_monograph.htm) 的「中國學位論文全文數據庫檢索」(http://www.wanfangdata.com.hk/wf/cddb/cddbft.htm)，它提供自1977年以來所收錄的學位論文；要特別說明的是，有些資料庫必須在其館內使用或擁有該機構提供之帳號密碼才可開啟遠端連線服務。

另外，像DIALOG (http://www.dialog.com/) 是目前世界上最大的國際聯機資料檢索系統，儲存的文獻型和非文獻型紀錄3億3千萬篇以上，占全球各檢索系統資料庫文獻總量的一半以上，範圍包括綜合性學科、自然科學、應用科學、工藝學、社會科學和人文科學、商業經濟和時事報導等，惟需付費加入會員，才能使用。

網路世界無遠弗屆，但善用網路，遠在天邊的資料，即信手可得，對從事資料蒐集的工作，的確發揮了事半功倍之效。

◆第三節　編列書目卡片注意事項◆

在蒐集書目的過程中，應隨時將所蒐集到的每一項書目逐一記下。在製作書目時，應注意以下幾點：

1. 每一本書，每一資料應分別單獨記在卡片上。通常是記在3公分×5公分的小卡片紙上，一書一卡，一文一卡，以便日後陸續分類排列。
2. 抄錄圖書資料時，要把作者、書名、出版地、出版商及出版時間等一一詳細並正確地記錄，因為這是以後寫注釋及最後書目的參考資料。
3. 對於暫時只能找到簡略圖書資料者，譬如，只有書名或作者姓名等，可暫時先將手頭所有資料登錄，以後找到更詳細資料時，再加以補充，以免浪費時間。

此外，在每張卡片背後，可順便記錄圖書的號碼，以便利以後找書。甚至臨時想到的資料、要點等，也可記下，作為該書的「備忘錄」。

◆第四節　書目的格式◆

資料來源不外兩種：書及文章。以下將分別列出其不同登錄格式，以為讀者參考。

在列出之前，必須強調的是，以往有些學者不講究圖書資料，也沒有為大家提供論文規則範例，書中常會對某一注釋交待不清，因而往往影響其學術價值。在此特別將正中書局出版的《學術論文規範》中介紹之各種登錄圖書資料基本格式一一列舉供參。

一位作者

例：藍乾章。《圖書館經營法》。再版。臺北：學生書局，1971年。

Tillich, Paul. *Systematic Theology*. 3 vols. Chicago: University of Chicago Press, 1951–63.

二位作者

1.同一著作方式

例：張起鈞、吳怡。《中國哲學史話》。4 版。臺北：著者發行，1970 年。

Houghton, Walter E., and Stange, G. Robert. *Victorian Poetry and Poetics*. Cambridge: Harvard University Press, 1959.

2. 不同著作方式

例：(清) 潘霨初輯。(清) 楊守敬編。《楷法溯源》。臺北：藝文印書館，1970 年。

三位作者

例：陳茂榜、呂則仁、宋達。《人力資源發展的新境界》。中華民國高階層企業管理考察團第二團考察報告之四。〔臺北〕:〔作者自刊〕，1970 年。

Berelson, Bernard R.; Lazarsfeld, Paul F.; and McPhee, William. *Voting*. Chicago: University of Chicago Press, 1954.

三位以上作者

三位以上作者則以第一作者為主，後加「等」字樣。

例：姚從吾等編。《第二屆亞洲歷史學家會議論文集》。臺北：〔三民書局〕，1963 年。

Pelikan, Jaroslav; Ross, M. G.; Pollard, W. G.; Eisendrath, M. N.; Meeller, C.; and Wittenberg, A. *Religion and the University*. York University Invitation Lecture Series. Toronto: University of Toronto Press, 1964.

筆名及別號

作者以筆名、別號發表作品時，仍用筆名或別號名，並以方括號將查出之作者本名括起來，放在筆名或別號之後。

例：孟瑤〔楊宗珍〕。《飛燕去來》。再版。臺北：皇冠雜誌社，一1974 年。

Penrose, Elizabeth Cartright [Mrs. Markham]. *A History of France*. London: John Murray, 1872.

機關、學校為作者

例：中國圖書館學會。《圖書館標準》。臺北：正中書局，1965 年。

Special Libraries Association. *Directory of Business and Financial Services*. New York: Special Libraries Association, 1963.

編者為著者

例：中國圖書館學會出版委員會編。《圖書館學》。臺北：學生書局，1974 年。

Anderson, J. N. D., ed. *The World's Religions*. London: Inter-Varsity Fellowship, 1950.

注解、箋、序等重要部分之作者

例：沈瀚之。《史學論叢》。劉松培序。臺北：正中書局，1963 年。

Hammarskjöld, Dag. *Markings*. Foreword by W. H. Auden. New York: Alfred A. Knopf, 1964.

書中若需強調序或箋之作者的重要性，可把重要部分之作者特別引出。

例：劉松培。作序於《史學論叢》，沈瀚之著。臺北：正中書局，1963 年。

Auden, W. H. Foreword to *Markings*, by Dag Ham-marskjöld.

New York: Alfred A. Knopf, 1964.

全集中之一部分

例：徐訏著。〈風蕭蕭〉。見正中書局編，《徐訏全集》，第 1 冊。臺北：正中書局，1966 年。

Coleridge, Samuel Taylor. *The Complete Works of Samuel Taylor Coleridge*. Edited by W. G. T. Shedd. Vol. 1: *Aids to Reflection*. New York: Harper & Bros., 1884.

多部頭書中之一冊，並有統一書名及編者

例：王雲五主編。《雲五社會科學大辭典》。12 冊。臺北：商務印書館，1971 年。第 3 冊，《政治學》，羅志淵編。

Ray, Gordon N., gen. ed. *An Introduction to Literature*. 4 vols. Boston: Houghton Mifflin Co., 1959. Vol. 2: *The Nature of Drama*, by Hubert Hefner.

翻譯作品之原作者及譯者

例：（德） 赫塞 (Herman Hesse) 著。《鄉愁》。陳曉南譯。臺北：新潮文庫，1976 年。

Lissner, Ivar. *The Living Past*. Translated by J. Maxwell Brownjohn. New York: G. P. Putnam's Sons, 1957.

翻譯之書籍，為使讀者查證原書，可把原書名括出。

例：（美） 井克 (Harold Zink) 著。羅志淵譯。《現代各國政府》[*Modern Governments*]。臺 2 版。臺北：教育部出版，正中書局印行，1969 年。

Turlejska, Maria. *Rok przed kleska* [*The Year before the Defeat*].

Warsaw: Wiedza Powszechna, 1962.

作者與出版者為同一人

例：張東陶編。《中國近代史》。臺北：編者印行，1971 年。

作者不詳時，以書名開始

例：《北京大學五十週年紀念特刊》（〔北平？〕：出版者不詳，1948 年）。

The Lottery. London: J. Watts, [1732].

注：如作者、出版年等係查出的資料，則用方括號括起來，其他則如一般格式。

[Blank, Henry K.]*Art for Its Own Sake*. Chicago: Nonpareil Press, 1910.

一連串書的作者為同一人

例：李其泰。《外交學》。臺北：正中書局，1962 年。

———。《國際政治》。臺北：正中書局，1963 年。

初版以外的版本

例：施建生。《經濟學原理》。5 版。臺北：大中國圖書公司，1974 年。

Shepherd, William R. *Historical Atlas*. 8th ed. New York: Barnes & Noble, 1956.

叢書之一

例：李恩涵。《曾紀澤的外交》。中央研究院近代史研究所專刊(15)。臺北：中央研究院近代史研究所，1966 年。

Clapp, Verner W. *The Future of the Research Library*. Phineas W. Windsor Series in Librarianship, no. 8. Urbana: University of Illinois Press, 1964.

選集中之一篇論文

例：徐傳保。〈書評：先秦國際法之遺跡〉。見丘漢平撰，丘宏義、丘宏達同輯，《丘漢平先生法律思想和憲法問題論集》，頁 186－88。臺北：正中書局，1973 年。

Tillich, Paul. "Being and Love." In *Moral Principles of Action*. pp. 661–72. Edited by Ruth N. Anshen. New York: Harper & Bros., 1952.

一般工作報告

例：中央政治會議秘書處編。《政治總報告》。南京：編者印行，1929 年。

Postley, John H. *Report on a Study of Behavioral Factors in Information Systems*. Los Angeles: Hughes Dynamics, [1960].

Report of Committee on Financial Institutions to the President of the United States. By Walter W. Heller, Chairman. Washington, D. C.: Government Printing Office, 1963.

會議議程及紀錄

例：中國國民黨。《第五次全國代表會議議程》。南京：行政院秘書處編印，1935 年。

Industrial Relations Research Association. *Proceedings of Third*

Annual Meeting. Madison, Wis.: n. p., 1951.

年　鑑

1.政府機構出版品

例：交通部交通研究所編。《交通年鑑》。臺北：編者印行，1972年。

U. S. Department of Agriculture. *Yearbook of Agriculture, 1941*. Washington, D. C.: Government Printing Office, 1941.

2.年鑑中的文章

例：王炳正。〈中國近七十年來教育記事〉，見《第五次中國教育年鑑》，頁 1088－104。出版事項。

Wilson, G. M. "A Survey of the Social and Business Use of Arithmetic." *Second Report of the Committee on Minimal Essentials in Elementary-School Subjects,* in *Sixteenth Yearbook of the National Study of Education*, pt. 1. Bloomington, Ill.: Public School Publishing Co., 1917.

學術期刊或一般雜誌中的篇名

例：張東哲。〈研究官書處理問題應有的基本認識〉。《教育資料科學》月刊，創刊號（1970 年 3 月）：18–23。

陳惠戎。〈如何解決公務人員住的困難〉。《中國論壇》，1976年 7 月 25 日，頁 38–42。

Swanson, Don. "Dialogue with a Catalogue." *Library Quarterly* 34 (December 1963): 13–25.

Tuchman, Barbara W. "If Asia Were Clay in the Hands of the West." *Atlantic*, September 1970, pp. 68–84.

報　紙

例：《聯合報》，1976 年 7 月 2 日。

王平陵。〈唐詩人的努力〉。《中央日報》，1945 年 6 月 26 日，第 6 版。

〈人類仍未能征服昆蟲〉。《工商日報》，1976 年 7 月 27 日，第 2 版。

《華僑日報》，1972 年 2 月 2 日社論，〈九點計畫與十二項原則〉。

San Francisco Chronicle, 5 June 1971. "Amazing Amazon Region." *New York Times*, 12 January 1969, sec. 4, p. Ell.

書　評

例：林柏評。章君穀著，《吳佩孚傳》。《書評書目》 第 36 期，1976 年×月，頁 92。

DeMott, Benjamin. Review of *Briefing for a Descent into Hell*, by Doris Lessing. *Saturday Review*, 13 March 1971, pp. 25–26.

未出版的論文及報告

例：廖修一。〈早期華人移民美國與中美護僑交涉〉。國立政治大學外交研究所碩士論文。1972 年 6 月。

丘宏達。〈文化大革命後的中共司法〉。第五屆中、美中國大陸問題研究會論文。臺北，1976 年 6 月。

Washington, D. C. National Archives. Modern Military Records Division. Record Group 94. Gen. Joseph C. Castner, "Report to the War Department." 17 January 1927.

New Haven, Conn. Yale University. Henry L. Stimson Papers.

London. British Museum. Arundel MSS.

Phillips, O. C., Jr. "The Influence of Ovid on Lucan's *Bellum Civile*." Ph. D. Dissertation, University of Chicago, 1962.

American Institute of Planners, Chicago Chapter. "Regional Shopping Centers Planning Symposium." Chicago, 1942. (Mimeographed.)

Luhn, H. P. "Keyword-in-Context Index for Technical Literature." Paper presented at the 136th meeting of the American Chemical Society, Atlantic City, N. J., 14 September 1959.

Morristown (Kansas) Children's Home. Minutes of Meetings of the Board of Managers, 1945–55. (Typewritten.)

訪　問

例：蔣經國。〈答美國合眾國際社記者問〉，1975 年 9 月 17 日。

Nought, John. Primus Realty Company, San Jose, California. Interview, 12 May 1962.

鈔本原件

例：秦力山。〈東瀛日記〉，光緒 25 年 3 月—29 年 10 月，鈔件，國家圖書館藏。

宋教仁。〈同盟會初期會員題名記〉，光緒 31 年 9 月，鈔件，國史館藏。

舊版重刊

例：梁玉繩。《瞥記》，大華文史叢書第 1 集。錢塘：汪大鈞刻，清同治 4 年〔1845〕；據高陽李氏藏汪氏食舊堂叢本影印，臺北：大華印書館，1968 年。

Myrdal, Gunnar. *Population: A Problem for Democracy*. Cambridge: Harvard University Press, 1940; reprint ed., Gloucester, Mass.: Peter Smith, 1956.

平裝版

例：臺北：學生書局，平裝本，1971 年。

Kennan, George F. *American Diplomacy, 1900–1950*. Chicago: University of Chicago Press, 1951; Phoenix Books, 1970.

微影資料

例：謝彬。《民國政黨史》。上海：學術研究會，1926 年；美國華盛頓特區：中國研究資料中心，M9、11，1969 年。

Chu, Godwin C., and Schramm, Wilbur. *Learning from Television: What the Research Says*. Bethesda, Md.: ERIC Document Reproduction Service, ED 014 900, 1967.

第五章　蒐集資料，作成筆記

◆第一節　作筆記的技巧◆

初步參考書目蒐集並編列好後，即可開始著手找資料及作筆記的工作。作筆記所應記錄資料的性質與範圍，應遵循先前所擬的大綱，找資料的方向亦應隨時與大綱配合，盡量發掘能夠支持自己論點的資料，切忌離題。

抄錄筆記，必須以充分、正確而有用的資料為原則。以下所介紹的十一種技巧，將有助於達成此原則。

第一，採用規格一致的卡片或卡紙作筆記。一張卡片只可記載一項資料，而每張卡片都必須自成一個單元。長的資料可用幾張卡片登錄，但亦應自成一單元。卡片具有彈性，可隨時視實際需要而增刪，便於以後實際撰寫論文時的分類與整理。通常國外一般學生都採用 4 公分 × 6 公分大小的卡片作筆記，也有用 3 公分 × 5 公分卡片的，完全視當事人的習慣而定。如一時無法找到標準的卡片，則仍宜用相同大小卡片，以便日後整理歸類。

第二，每張卡片上端應注加適當標題。標題可用以指示所記筆記的扼要內容，便於以後分類編排。標題不宜過細，否則無法彙集相關卡片，反之亦不宜籠統，以致無法表現資料的特色。標題作得好，將來還可據此修正大綱。

第三，作筆記時應隨時注意將資料來源的詳細書目記下，記錄在另一種小型卡片上，即前面所提的參考書目卡片。換言之，在作筆記時，遇有原來書目資料來源不清楚時，應設法把資料補充完備。

第四，每張卡片均應注明資料來源，以供將來查證並作注釋之用。

注釋的格式請詳看第九章。遇有一些書名過長的資料，可在書目卡片上編一個代號，記筆記時可將代號記在右下角，作為區分資料來源之用，只需注明頁次，而免重複抄記所有書目。不過，使用代號時，應特別注意參考書目卡上所載書目資料（包括書名、作者、出版時地、出版商等）必須齊備，且代號不可混淆弄錯。在記卡片時如能把參考書目放置手邊，隨時參閱，亦將便利不少。這種代號的次序，並不一定要與將來論文完成時的所列資料次序一致。換言之，現在只是暫時的一個次序，將來仍需按照特定方式，如按作者姓名筆劃、出版年份等重新再作編排。重新編號時，應特別注意不要混淆。

第五，一張卡片上只記一項資料，不要在一張卡片上同時記數種不同的論點，因為同一資料來源，可能會在論文中許多地方加以引用或引證，如果一張卡片上同時記錄一個以上的資料，將來要重新抄寫時，難免發生遺漏或不便。

同時，即使資料的論點是一致的，也不要在同一張卡片上記載兩項不同的資料來源。譬如：在王育三，《美國政府》（臺北：臺灣商務印書館，1973 年），第 4 章中討論美國聯邦政體的形成；同時程天放，《美國論》（臺北：國立政治大學出版委員會出版，正中書局發行，1959 年），第 6 章中也討論到美國三權鼎立的聯邦制度，雖然其中有許多需要引用的論點彼此相同，但是仍應用兩張或兩組不同卡片記載。

第六，每作完一個單元的筆記，就應隨時將其歸類，以爭取時效，免得日後歸檔時，還需要重新查看其內容。此外並可藉此檢討各種主題的資料，在比例上是否相當。

第七，在參考書籍作筆記時，一定要瞭解，不是所有的書和資料都要花相同時間一一細讀，培根 (Francis Bacon, 1561–1626) 曾說過，有些書必須慢慢品嚐、咀嚼消化，有些書可以囫圇吞棗。因此閱讀的速度完全要看資料的重要性，再由當事人根據實際狀況作決定，不能同樣看待，採平頭主義方式處理。

第八，資料的記錄必須完備無誤。假如資料的記錄過於簡略，將來可能需要重新查閱原文而耽誤時間，特別遇到直接引語時，更須詳細校對內容並註明章節頁次。

第九，作筆記時，不要只記正面資料，如果發現有相反意見的資料，也要記錄。例如：原來論文的重點是在說明一般美國人對政治沒有太大興趣，但是在找資料過程中，偶而也會發現某些資料卻指出美國人在某種場合中，也會對政治發生興趣。這種例外情況的資料，不妨也順手記下，因為在資料整理到某一階段時，也許會發現原來的論點完全被推翻，再要重新回頭去找這些相反意見時，則又須捲土重來，浪費時間。即使這些相反資料稍後並未否定主題，但是本諸學術論文研究精神，也必須以客觀態度將這些例外情況予以敘述，使讀者有比較正反兩邊意見的機會。

此外，遇到相同論點的重複資料時，也需要斟酌記下，便於以後引用時有選擇的餘地。譬如，在蒐集有關討論世界各國國民對外交政策，一般都不太感興趣，而僅關心切身利害的經濟問題時，發現某一本書上引用的資料，不但包括美國大城及各州的實際情況，而且其中也提出某些小城的人亦有此情況，我們可順手記下，將來在寫作時，發現大城資料相當多，而小城資料相對較少時，則正可派上用場。

第十，作筆記抄錄資料要充分而不過分。在剛開始作筆記時，一定會覺得各種資料都很新鮮，幾乎每一項都重要，而不免將每項資料毫無遺漏地一一記下。待稍後資料愈看愈多，就會發現有許多不必要抄錄的也抄錄下來，這往往要憑個人經驗的體會。如果能盡早找到希望討論的論點主題的重心，便不會浪費時間去抄一些雖然重要，卻與論文不相干的素材，這也就是西洋人所說：找到研究感 (Research Sense)。一般同學易犯的毛病，就是希望在一篇小論文中談許多節外生枝的大道理，雖然有些道理在其他地方也許很適當，但實不宜借題發揮，作不必要的敘述。而研究感往往會告訴你什麼時候要適可而止，什麼資料應好好去找，怎樣建立論文的完整體系，這是需要時間慢慢才會熟而成巧，不是一蹴可幾的。

第十一，在看完參考書目中所列資料的總數大約一半時，可以跳到下一步，即「整理筆記，修正大綱」，因為如果等到全部都看完之後，再著手修正或更改大綱及觀點，反而容易浪費時間。詳細情形在下一章中會再討論。

總之，完備而正確的筆記是完成一篇傑出論文的成功之鑰，在作筆記時能多花一點心血去注意以上這些瑣碎而不容忽視的細節，會使整套資料完整而井井有條，在實際從事寫作時候，一定可獲事半功倍之效。

◆第二節　作筆記前的三項基本認識◆

上節說明了抄錄筆記的一些基本技巧，而事實上，在抄筆記時，常會發現許多實質上的問題。在一篇論文中，偶而也需要引用他人言論，以使整篇論文顯得更為有力，但過度引用他人言論而毫無自己的分析與創見，會使整篇文章顯得枯燥而缺乏立論，這種情況特別在以往研究中國國學論文中經常可見：孔子如何如何說、孟子如何如何說、歷代先聖先賢又如何說，既不分析其論點，也不表示對此問題的具體看法，變成一個大雜燴，這不是現代學術論文應有的作法，一篇合格的論文，本質上應該盡量以自己的話來陳述意見，並且對他人的意見加上自己的評論。以上這個原則聽來簡單，做來實屬不易。

在討論記筆記的具體方式之前，首先得澄清以下幾個問題：

一、如何區別原始資料和第二手資料

在為寫作論文而找資料的過程中，最重要的觀念問題是如何區別原始資料和第二手資料。一般來說，原始資料概括有：信函、日記、遺囑、出版作品的最初版本、調查、測驗與訪問談話的原始筆錄，以及小說、詩歌、戲劇、短評等，至於手寫、印刷自傳或文件的複本，有時亦被視為原始資料。第二手資料則通常包括百科全書、各類參考書籍、專門報導、評論以及闡釋他人，特別是專家學者和科學家們新發現的書冊與文章，或者對某一原始作品所作之檢討、測驗、注解等。然而一位作家針對自己作品，又再發表新的作品或是又獲得新的結論，則仍算是原始資料。實際上在這兩者間並無絕對明顯的斬截分野〔注一〕。

事實上，就一般大學生的研究報告來說，原始資料可能並不比第二手資料有用，但是真正有價值的論文，不是人云亦云，仍得從根本做起，發現新的研究成果。因此，如何區分第一手資料與第二手資料是必須澄清的根本問題。

同時，在評價這兩種資料時，我們必須用判斷力來分辨其間的特性與可信性。1.就原始資料來說，我們必須判斷資料本身的可信程度如何？從材料中歸納出對報告有幫助的結論。2.就第二手資料而論，我們必須決定原作者本人是否值得信賴，並且要辨別書中何者為事實，何者是原作者自己引申的見解。

〔注一〕Kate C. Turabian 原著，《大學論文研究報告寫作指導》，馬凱南譯，楊汝舟博士審校（臺北：黎明文化事業股份有限公司，1977 年），頁 5。

二、區別事實與見解

任何一篇報告論文或專著的價值，在於其所依賴證據的正確性，這些證據分成兩種形態，即事實與見解。在為寫報告而蒐集材料的過程中，必須要把這兩件事區分清楚。

(一)事　實

事實就是已經發生過或已經做過的事件。這些事件是已存在或已被證明是真實的。譬如說：莎士比亞死於1616年；南北戰爭中李(Robert E. Lee)將軍於1865年4月9日在維吉尼亞阿波麥克斯鎮(Appomattox, Virginia)向葛蘭特(Ulysses S. Grant)將軍投降；地球是圓的等等。這些事實均為普通常識，不必在報告後面作注釋。對於比較特殊的事實，如果作者希望加強讀者對其所述之可信度，就必須要有注釋說明，因此我們要舉出證據，證明在阿波麥克斯鎮投降的人數；地球重量的估計數字等。

(二)見　解

見解是一個人或一群人對某一件事實或意見的一種解釋。譬如：目前科學家對到火星的太空飛行之可能性有不同的見解，以往我們亦曾接受地球是方的說法，在求證及反求證的過程中，見解應該算是一種「可能的事實」。因此，事後由於實際的火星飛行可能把見解變為事實，麥哲倫(Ferdinand Magellan, 1480–1521)的海洋旅行則證明地球是方的見解是錯誤的。

因此，在看書記筆記時，往往發現不同作者對同一件事所作的解釋會有不同，有時甚且相互矛盾。譬如，某一位專家稱鮑奕(Edgar

Allan Poe, 1809–1849) 寫過 70 篇短篇小說，應為美國短篇小說之父，而另外一位則堅持這項榮譽應該給歐文 (Washington Irving, 1783–1859)，因為他寫的《瑞伯大夢》(*Rip Van Winkle*) 及《睡谷野史》(*The Legend of Sleepy Hollow*) 才是現代短篇小說的發軔。寫論文就是要研究這些不同專家的證據，以形成我們自己的見解，在此過程中並應在注釋中說明某些看法是受到誰的影響，而不要掠人之美。

三、區分取材的方式

有了以上的瞭解，我們應該學習何時須改寫原作者所說的話，何時應該引錄原文。一般來說，在找資料作筆記中，有二種取材辦法：就是改寫與引錄原文。我們應該謹慎記下所需要的資料，並總結濃縮原來在資料中所發現的一些事實。剛開始從事撰寫研究報告的學生，往往原封不動地將所看到的資料加以抄錄，由於心中所想到的只有原文，而在不知不覺中成為抄襲。過量引用原文，結果等於重新把別人的文字再寫一遍，這不能算是一篇研究報告。因此應盡量避免抄襲而從事改寫的工作。只有在下列情況下，可以抄原文：

1. 提出某種權威記載，藉以作為支持自己論點的證明。
2. 原作者對於事理的表達相當透澈、簡潔，而且適當、清晰，與其改寫，反不如直接引用，來得更為有力。
3. 該引言的表現方式和內容特別有趣。

在引用時，無論字句、標點都應與原文完全一致，尤其應該標明引號及詳細出處，否則也會導致抄襲之嫌。

總之，在選擇資料時切忌抄錄太多原文，必須要有自己的看法與論點，而引證的文句應有內容，而非普通常識。在參考其他人著作或文章時，必須充分瞭解作者的思想與看法，融會貫通後，再用自己的方式好好地表達出來。

◆第三節　筆記資料的方式◆

前面討論了找資料作筆記時所應注意的事項，下面我們要討論抄錄資料的一些基本方式。筆記的方式很多，我們簡單地可以歸納出以下幾種：

一、直接引證 (Direct Quotation or Verbation)

即完全抄錄原文的字句及標點。在抄錄中，必須精確無誤。假如原文有誤也必須照抄，同時以方括號用〔原文誤〕來加以注明。

例一：

> 「美國北方佬以暴力結束了南方的奴隸制度，而南方的恐怖主義結束了激進的重建活動。勞資雙方關係的轉變是在經濟不景氣以及一般人普遍恐懼革命的情況下，經過無數場流血罷工的怒潮後才達成的。而黑人是 1960 年代的種族鬥爭中，才獲得在國會城市裡的許多政治上的利益。」
>
> 《美國政治與民意》，頁 81。

例二：

> "It seemed obvious to me that Arthur Miller's concept, expressed in 'Tragedy and the Common Man,' which recognizes the need for tragedy to be concerned with 'the heart and spirit of the average man,' provided enough reason to the contrary to permit me to substantiate an argument for the existence of tragedy in the twentieth century."

二、直接引證全文，惟當中略加變動

有以下兩種情形：

1.刪節：雖然引用原文，但在其中刪節幾個字、幾個句子，甚至幾段，此時多用刪節號來表明。

例一：

「美國人民本來對於政治興趣就很淡，又加上美國的聯邦、州、郡市三級政府都由人民選舉，不相隸屬，而對於人民日常生活關係最密切的是本郡本市的事務，聯邦的措施反在其次，因此一般人民讀報時，大都注意地方新聞，而不甚注意華府的政治消息，對於國際新聞，除非有特殊重大事件發生，否則只看看標題，就滿足了。美國的1千7百多家報紙中，95%是當地（Local報紙），換句話講，就是它們的銷路，都在某一郡某一市之內，只有5%是區域性的報紙，也就是講，它們的銷路不限於一市，——這類報都在都市內發行——而可銷到全州，甚至鄰近各州。……銷行最廣的是《紐約每日新聞》(*New York Daily News*)，這是一家小型報紙，注重照片和黃色新聞，只有35年的歷史，然而它的銷數平常超過2百萬份，星期天達到356萬份，幾乎是《紐約時報》的3倍，這也可以看出黃色新聞是如何地受讀者歡迎了。」

《美國政治與民意》，頁133—134。

例二：

"Two of the novels of William Faulkner, The Sound and the Fury and Light in August, have provided...a tremendous stimulus for thought."

2.添改：在某種情形下，我們需要在引句中插補幾句話來解釋、澄清或更正原文，在這種添改情形下，需要將添補的字，用方括號括起來，以表示此為原文所無，切不可使用圓括號，使讀者誤以為添補字樣為原文之一部分〔注二〕。

例一：

「若觸動〔《張文襄公全集》中作鼓動；《愚齋存稿》中作驚動〕一國，勢必群起而攻，大沽覆轍可深鑑也。」

例二：

"Knowing the characteristics of classical tragedy, I could not read these novels [The Sound and the Fury, Light in August] without an awareness of their basic similarity to the tragic form in spite of the idea that Joseph Wood Krutch expresses to the contrary...concerning the inability of modern writers to create tragedy because of their lack of tragic faith."

例三：

A close reading of the novels of Faulkner will make obvious "their basic similarity to the tragic form" of Greek plays. In fact, "the best prose of William Faulkner qualifies him as a modern tragedian" and makes clear "the existence of tragedy in the twentieth century." [Italics mine.]

例四：

"The best prose of William Faulkner qualifies him as a modern tragedian" and with it Hoffman "substantiates [her] argument for the existence of tragedy in the twentieth century."

三、摘要 (Precis)

第三種方式就是以我們自己的語氣重新改寫原文，其長度通常相

〔注二〕詳請參閱宋楚瑜編著，《學術論文規範》（臺北：正中書局，1977 年），頁 80。

當原文的三分之一。在寫摘要時，事實上我們已經開始從事論文的寫作，因此特別要注意保持原作者的風格及論點，但不必使用原作者所使用的辭句。

例一：

美國著名的選情專家史肯門 (Richard M. Scammon) 在《美國真正的大多數》(*The Real Majority*) 一書中，特別對 1968 年大選加以研究。他指出，雖然在 1968 年反越戰的最高潮中，國際問題並非是美國選民所最關切的，他們最關切的仍然是如何控制物價的經濟問題，如何防止犯罪、美國本身的道德與種族等社會問題。這是相當平實的報導，因為資料顯示，從 1960 年到 1968 年，美國犯罪率增加 106%，到處都有謀殺、強姦、搶劫、放火。這些問題當然是選民切身注意到的問題；另一個就是種族問題，種族問題所帶來的社會不安，史肯門在書中曾予特別強調，同時也有很詳細的分析，他認為越戰問題雖然在 1968 年大選中是一項極為引人注目的問題，也是報導最多的問題，但是美國選民真正關心的，卻是與他們切身利害相關的基本社會問題，一般美國民眾對外交問題比較缺乏熱心〔注〕。

〔注〕Richard M. Scammon and Ben J. Wattenberg, *The Real Majority* (New York: Berkeley Medallion Books, 1972), pp.41, 35–44.

《美國政治與民意》，頁 97—98。

例二：

William Faulkner's novels stimulate our thinking. The qualities of traditional tragedy are to be found in his best novels. Krutch believes that today's writers cannot write tragedy because they lack faith in the basic nobility of man, but A. Miller believes that tragedy is concerned with the life and soul of ordinary people. Taking our cue from Miller and using Faulkner's finest work, we can see that F is a twentieth century tragedian.

四、概略 (Summary)

用作者自己的辭句，將長的文章或書，作非常簡要的敘述，比摘要來得更簡單。通常以三言兩語表示全書的精華。

例一：

> 這種現象實不自今日始，亞蒙 (Gabriel A. Almond) 教授在其名著《美國人民及外交政策》(*The American People and Foreign Policy*) 一書中，曾就這個問題詳加討論，他仔細地分析自 1935 年 11 月至 1949 年 10 月間美國民意測驗的結果，發現美國民意對國際問題關心的程度與時局的變化雖有起伏，但基本上可以說並不十分關心國際問題。
>
> 《美國政治與民意》，頁 98。

例二：

> F. writes trag. Krutch says that trag. is not possible today, but Miller says it is.

五、大綱 (Outline)

這種方式是以條例方式分別列舉原來文字的重點。

例：

> 托氏的看法中，有三點值得我們注意：其一、是輿論的力量被奉為神明；其二、是美國「眾多數」人的意見代表了整個社會的意見；其三、是每個人都有平等參與構成這多數意見的機會。然而，事實上是否所有的美國人或「眾多數」的美國公民都實際參與輿論形成的過程？是否「眾多數」的美國公民都熱心於影響政策的發展？是否美國「眾多數的民眾」都關心外交政策的改變呢？本文將就美國目前汗牛充棟的資料中，試圖理出一些線索來。
>
> 《美國政治與民意》，頁 125。

六、改寫 (Paraphrase)

第六種方式是改寫，在改寫時應特別注意，否則容易變成抄襲。事先要徹底瞭解全文，再用記憶力，以自己的語言重加敘述，尤其當原文為引經據典，奧祕難解的文字時，更須重新改寫，使一般人瞭解原義。譬如：古經文，除非特殊情況，一般均需要將原文加以澄清說明，這都可以用改寫方式來處理。

例一：

> 去 (1977) 年 11 月 18 日，在美國南方霍斯敦市舉行一項規模相當大的「全國婦女大會」，來自全美各州及各託管地的 1842 位代表，共同集會討論由聯邦機構「國際婦女年委員會」所提出的 26 項有關推進女權的「全國行動計畫」。這個會議的緣起，應該追溯到 1975 年聯合國在墨西哥城舉辦「國際婦女年」大會後決定，把「國際婦女年」的時間延長為 10 年，並改變名稱為「國際婦女年代」，於是美國國會通過一項法案，由當時的福特總統以行政命令設立隸屬聯邦的「國際婦女年委員會」，專責擬訂有關推進女權的「全國行動計畫」，並預定於 1977 年舉行「全國婦女大會」，議訂具體的實施方案。
>
> 《美國政治與民意》，頁 209。

例二：

> The fiction of F. is very stimulating. Many of the characteristics of classical tragedy can be found in his novels. In "The Tragic Fallacy," J. W. Krutch says that modern writers cannot write tragedy because they do not have faith in man's nobility, a faith essential to tragedy. A. Miller believes that trag. should deal with the soul and life of the common man and that trag. is therefore possible today. To some, Faulkner's best work shows that he does write tragedy.

七、穿插引句

第七種方式為穿插引句，就是在寫文章當中穿插一些資料的直接引句，以加強文章的力量。特別要注意的是，在正文中零星的使用引句並與作者解說字眼穿插在一起的時候，所引用的文字，其開始與結尾都應加上引號。

例一：

> 實際上，美國輿論對其外交政策的影響，比起一般書刊上或者我們想像的要複雜得多，根據我們對美國現實政治的概況瞭解，公共輿論與外交政策制定過程之間的相互關係可以概括地從四個不同層次來看。
>
> 第一個層次或許可稱之為「一般大眾」，也就是受一般問題的刺激有所反應的大眾，一般大眾中包含各種利害關係結合的團體，原則上同時受一般問題與特殊問題的刺激而對外交政策有所反應。第二個層次是「關心政治的公眾」，他們關心注意時事，對外交政策問題具有興趣，同時在輿論領袖進行外交政策討論的時候，他們是忠實的聽眾。第三個層次或許可稱之為輿論領袖，他們對政策發展的來龍去脈瞭若指掌，形成大眾與決策間的橋樑，同時與各種團體保持良好有效的連繫。我們可以說：「誰掌握了輿論領袖，也就是掌握了民意。」雖然這與「民主」的理論相違，但卻更接近事實。最後，在輿論領袖中，我們還可以再挑出那些法律或官方的領導階層——第四個層次——也就是政府官員、國會議員以及公務員。
>
> 《美國政治與民意》，頁 174。

例二：

> 「不過也有的知識分子認為，雖然學習西方的文物制度，卻不能不重視中國文化的根本，所以康有為歷遊歐美，即評論『歐美之為美，在其物質之新奇，而非其政俗之盡良善，吾政

俗亦有善者過於歐美，但物質不興，故貧弱日甚耳』。而張之洞更大聲疾呼『今欲強中國，存中學，則不得不講西學，然不先以中學固其根柢，端其識趣，則強者自亂首，弱者為人奴，其禍更烈於不通西學者矣』。這是中國文化對西方衝擊的適應的一面，而其有理性的反應的一面，就產生了張之洞一派的『中體西用』之主張，在當時的環境和知識來說，張之洞還應該算是有識見的。」

周應龍，《開放的社會與關閉的社會》（臺北：〔作者自刊〕，1973年），頁116。

例三：

A close reading of the novels of Faulkner will make obvious "their basic similarity to the tragic form" of Greek plays. In fact, Faulkner's writing makes clear "the existence of tragedy in the twentieth century."

八、從原文的注釋中引述資料來源

在找到的資料原文中，如發現注有資料來源時，可以把資料來源在筆記中直接注明其出處，以表示原文資料來源的權威性，即使有錯誤，也可以表示此資料來源並非作者本人未予查證，乃是借用他人資料。

例一：

上述這些職位究竟有多少？根據張希哲先生引述美國安得遜教授 (William Anderson) 估計：全美國由選舉產生的職位大約有1百萬個〔注〕。

〔注〕William Anderson, *The Units of Government in the United States* (Chicago: Publication Administration Service, 1936).

《美國政治與民意》，頁177。

例二：

> Hoffman quotes Arthur Miller, “Tragedy and the Common Man,” *The New York Times*, February 27, 1949, II, 3, as saying that “tragedy implies more optimism in its author than does comedy.”

九、批評 (Critical)

在查資料時，可以簡略說明我們對該資料之主觀看法，並記在筆記卡片之後。這種筆記，對以後重新寫作該文時，可幫助我們加深印象，在寫論文時，並可一併寫出。

例：

> 其實對這個問題的討論，絕不自今日始，遠在 19 世紀即有學者開始注意到這個問題。托克維爾 (Alexis de Tocqueville, 1800–1885) 是法國的著名學者，以評論美國民主政治而名垂不朽。托氏在 1831 年到美國考察旅行，足跡所及遍歷 7 千多哩，回國後以其精闢深入的觀察，細緻的分析，寫成《美國的民主》(*Democracy in America*) 一書，分上下兩卷，一百多年來該書一直屢屢印行，成為研究美國民主政治的經典著作。英國拉斯基教授 (Harold Laski) 認為該書是一切以外國人身分論述別國事情的著作中最偉大的。其內容是歷久而常新，不因時遷歲易，世事滄桑而失其時效。
>
> 《美國政治與民意》，頁 124。

十、大意或節略 (Synopsis or Condensation)

第十種方式是大意或節略，就是對一些視聽資料情節的大要說明或會議的結論，最好的範例是電影的說明書或平劇的劇情簡介。

例一：《孔雀東南飛》

漢末，廬江小吏焦仲卿娶妻劉蘭芝，蘭芝聰穎過人，工書畫、諳音律、善女紅，且奉姑至孝，夫妻恩愛甚篤，焦母專制，愛女嫌媳，藉故將蘭芝休返娘家，大歸之日夫妻泣別，蘭芝自誓不再嫁，仲卿亦期以後會聊慰其心，只因政事繁冗常難相聚，蘭芝念仲卿甚苦，又值其兄迫嫁，擬自盡以了殘生，適仲卿趕至，夫妻相抱飲泣，勢難再謀重圓，因前誓相抱投江而死，世人共憫之謀合葬，撰詞哀誌，名其篇曰：孔雀東南飛，世傳孔雀東南飛，五里一徘徊，蓋喻夫妻別離而有戀戀之意也。

例二：

最近國內若干位教授在一項座談會中一致認為，為了適應當前國際情勢的變化，除了努力進行國內各項建設外，並且應該改善宮廷外交為群眾外交，改變官式外交為實質外交。他們表示，外交宣傳應該從群眾著手，向下紮根，廣泛的邀請外國政府官員暨民間人士來華訪問，使他們瞭解我們在各方面的建設成就。這說明了國人對強化今後國際宣傳，包括對美宣傳工作的重視和期望。

《美國政治與民意》，頁 275。

此外，在抄錄資料時，不論採用以上任何形式，仍應注意以下四件事：

1. 必須正確：摘錄內容時，務必忠實，不論是引錄原文，或只抄錄所需要的部分，或作摘要，我們務須慎重，勿將自己觀點與原文混淆。固然在某種情況下，批評原文或發表自己的感想，不但有用，而且必要，但是仍應用適當的標點符號將原文分開。
2. 必須實用：筆記抄得多，有一大疊卡片，並不就表示研究成績卓著，必須注意是否實用。

3. 注意完整：這與第二點是相輔相成的，雖然要精簡，但不可遺漏與正文主題有用的東西。

4. 注意引證：如果引用原文，應作必要之注釋，注釋之格式可參看第九章。

總之，資料愈豐富，讀書卡片做得愈完整，愈有助於爾後寫作論文時之便利。雖然學術工作絕不只是卡片的拼湊，尤其有賴智力的發揮，但是好的筆記卡片就如同房子的地基，哪有蓋高樓大廈的人敢忽視地基呢？

第六章　整理筆記，修正大綱

在蒐集資料的過程中，當看過原先開列的書目大約一半資料時，而所記筆記卡片，也按照原定大綱予以分類，這時應注意檢查是否還有新的主題需要加入。尤其在研究過程中，由於對所研究題目新知識的增加，對原有問題已深入瞭解，更需要隨時檢討並重估原來的主題。在記筆記的過程中，應該注意用鉛筆將每一張卡片中的中心主題，用片語或簡短字句作標題。用鉛筆的好處是可以隨時改變標題。遇有不太容易明顯區分主題時，可暫置一邊，以待全部大綱整理完畢再作整理。譬如：有些筆記可以用在前言或結論中，則可先予標明；又某些暫時無法處理的東西，可用「×」或其他自己瞭解意思的符號來表示。

當研究過程進行到一半或接近尾聲時，所記的卡片均可大致歸類，如果發現這些類別與原來大綱不完全一致時，則需將卡片重作整理，其方法很簡單，即把不同卡片按其內容、性質分門別類存放。這項工作雖然花時間，不過仍有價值，因為整篇論文內容完全要靠這些資料作為基礎。

在重新修正大綱時，應該注意以下幾件事：

1. 修正後的大綱，不但表示將來論文中討論這個題目的次序，同時對題目中各不同主題的從屬、相互關係，也要說明清楚。例如，我們要探討美國民意中擬定政策的基礎，必須從四個不同層次著手，每一層次之間的從屬平行關係，都必須在大綱中明顯地予以區分。
2. 在大綱中，一個主題必須由各個不同角度分析。在分析過程中，才能把問題瞭解透澈，而這種分析的過程，也就是我們大綱擬定的過程。在一篇論文中最好不要超過三個乃至四或五個以上的主題，因為論文需要「小題大作」——要從不同角度，看一個重要而又深入的小問題，如果論文中主題太多，則易支離破碎。如主題過多，而又實在想寫，則不妨從較高層次，或從大的方面重新考慮、重新組合。

3. 在大綱中切忌敘述過詳。大綱的本意是指抓住重點，解釋從屬與上下的關係，枝節的內容細點，應在筆記中注明，而不是在大綱中表現。

4. 修訂大綱時應特別注意全篇各個部分的適當均衡，不宜某一主題敘述過多，而另一主題又敘述過少。雖然不能硬性規定每一主題所花篇幅均要相等，但亦不宜太不平衡。如果有此情形，宜將資料重新組合或另起章節。

5. 在大綱中盡量少用無意義的標題。諸如：「前言」、「本言」、「結語」等僅表示文法上啟承轉合之字眼，而盡量採用實質語言區分大綱。因為大綱的目的是要把具體的意見由不同層次、不同方向，一點一點的敘述，以提供實質上的指引。同時在大綱和以後的文字當中，也應盡量避免用「本章中筆者希望要……」、「在下章中要……」、「我最後希望以下面的話作結論……」等無意義的話語。

6. 大綱主要目的，在提供寫作的方向與指導，因此不必守成不變，要隨時視新的狀況加以補充修正。假如發現所蒐集的資料，在某方面特別多，而這與原來大綱不相符合時，不妨作適當的修正，或另起爐灶，將整個論文做適當補充及轉變研究方向。

7. 檢討大綱中每一個項目是否已有足夠的資料可以開始寫作？哪些方面還需補充？哪些方面的觀點還不十分清楚，需要繼續尋找資料？這是修正大綱的最後準繩，接下來就可以著手寫初稿了。

第七章　撰寫初稿

就寫作一篇論文報告而言，在花費了許多時間和精力致力於題目的擬定及資料的蒐集後，可以說工作已完成一半，但是在它真正完成之前，寫初稿卻是一件必須著意的工作，因為撰寫初稿，可以說是由無到有，從千頭萬緒到鑄造自我思考完成的階段，這時撰文者所面臨的難題是，如何將筆記卡上毫無組織的資料、大綱和思緒加以組合，寫成全面有效，長短適宜，結構精密，切題而又有創見，且能表達自己思想的作品。因此，初稿的撰寫，需要相當的心智活動才能完成。

經過一番資料的收集，此時手邊已有相當多的筆記，心理上則感覺到假如再找一本書就可以完成的時候，就已大致到了可以寫初稿的時候。以下將寫初稿的基本步驟一一提出，以供參考：

1. 查對主題。確定目前是否已有非常明確的主題，以便於整篇論文的發揮，這個主題是全篇思想之所在。全篇論文，都是圍繞著這個主題，分從各個不同角度來發揮和引申。
2. 寫初稿是根據先前的資料來做的工作，由於這時心目中已有寫作大綱，並已經過修正，可以放心加以運用，並隨時補充新的靈感，加強充實其內容，但切勿洋洋灑灑，以致脫離本題，所以要時常回顧是否已經離題，所發表的見解，是否與原先的論點不一致。換言之，對於不同分屬的小子題，都要與原先大的主題相一致。
3. 寫初稿時，資料的應用，大抵根據原有所記的筆記，如果原有的筆記卡片不能在本篇的主題上有所發揮，也不必將它捨去，因為以後還可在寫其他文章時運用。
4. 避免開始時就寫前言，要到整篇文章完成後再寫，因為在前言中，必須說明全篇的要旨與所研究的方向。同時寫作時不必計較文字的是否優美，先把重要的思想大要寫下，隨後再加以潤飾。

5. 寫作初稿時，如果是用手寫，切記只寫稿紙的單面，同時行與行之間要保持適當距離，因寫初稿常會有增添、減少等修正的情形，有了間隔，才不致壅塞或需要重抄，並避免雜亂不易辨識的現象。

6. 為了簡便，若採用手寫初稿者，可以利用先前所作筆記資料，直接剪貼於初稿上，以節省抄寫人力，但在剪貼時要注意段落之間的連貫性，使獨立資料變成生動而流暢的文章。剪貼除了節省時間外，也可避免因繕正抄寫而發生的筆誤。

7. 遇到需要注釋者，應隨時在文字邊旁以阿拉伯數字逐次標上號碼。注釋須緊跟所注正文之後，同時插於正文中的注釋，必定要用線條與正文分開，切勿混淆。這件工作做得好，將減去以後謄正稿時許多的麻煩。

8. 已經用過的筆記卡片資料，應在右（左）上角注明，以免重複使用或有所遺漏。

9. 對於大綱中每一部分，都可在寫作上視為一獨立單元。換言之，在某一階段來說，它是一個獨立的論文，因為我們無法把一篇長文章在一天內一口氣完成，必須就每一單元逐步地一點一點去寫。

10. 隨時注意修正大綱。假如寫初稿時，在內容上作了任何修改，必須同時修正大綱，而這個大綱也就是最後論文的藍圖或目次。

11. 寫初稿時，每頁上應標明號碼，假如在頁與頁之間又增加新的資料，不必重新編號，可另加入插號，例如：第 8 頁、第 8－A 頁，第 8－B 頁……，但最後繕寫時不可有插頁的現象發生，必須從頭到尾用一連貫號碼排列。

12. 如果採用電腦打字撰寫論文，除可參考上述各項提醒之外，特別要注意存檔與備份，以避免資料遺失，心血付之一炬，若同時備份資料，就會比較萬無一失。

此外在寫作方式上還有幾項要領：

一、盡量找一些引人入勝的起頭語

為了要吸引讀者的興趣和繼續閱讀下去的願望，通常每一部分的開始可盡量撰寫一些引人入勝的文字，但有時清楚而直接地說明該文目的的開端，反較迂迴拼湊成章者為佳。無論如何，論文的開端仍以把握清晰、直接、正確為原則。

例：

越共親蘇與東南亞新情勢

——美國政策的一項考驗

今年1月份的《外交季刊》刊載了薩哥尼亞(Donald Zagoria)教授〈蘇聯在亞洲的困境〉的一篇文章，反覆說明中共與亞洲各國關係是「形勢大好」，肯定的認為它與印支三國的友誼日益升高。這一論斷，自始就為對國際事務有所認識的讀者感到懷疑。當然，就薩氏學識言，也並非真為全然無知，其所以「大膽假設」，無非在強調中共在亞洲及反蘇地位中之重要性，以支持其促成美國與中共「正常化」的主張。目的決定手段，此一作法自可以理解。但客觀情勢的發展，卻往往是事實勝於雄辯。越南在日前已正式加入蘇聯所領導的共產集團核心組織「經濟互助委員會」(即習知之共產經濟委員會)，明白表示了其對中蘇共之立場。越南行動，對許多觀察家雖並非全然意外，但對薩氏言，可能是發展得未免太快了一些，文章墨跡未乾，難免令人有諷刺性感觸。

《中國時報》，1978年7月12日，第2版。

二、注意結論

在論文的每一個章節中，應注意提供堅強有力的結論，全篇有總結論，每一章節也應有結論。結論是論文中最需要強調的部分。除了要堅強有力外，並要有徵信的資料作為佐證。

三、正文要豐富，但切忌冗長

條理清楚而又有創作內容的文章，才是論文寫作的基本原則，必要時可穿插一些特別資料。例如附錄，附錄雖非論文的必備部分，卻可用來提供讀者一些與內容有關而又不便載於正文裡的資料。可以收在附錄裡的材料，包括：放在正文裡顯得太瑣碎繁雜的圖表、技術性的附注、收集材料用的程式表、珍貴文件的影印本、冗長的個案研究或者其他附圖及數字資料等。此外還可在本文中適當的地方加上圖解，使讀者在很短時間內，產生明確而具體的概念，並可將多種複雜的現象作一比較，以提供研究分析及說明之用。但在繪製圖表時，不僅資料要正確，而且要作最便於閱覽的排列，但切記非有必要，不要隨便附加圖表，因其並非文章之裝飾。

四、注意論文規定的長度

必須依照教授的指定，切勿超過最大的限度。論文主要在說理，而非字句的堆砌，並不是愈長愈好，通常教授對學期論文一般都有字數的規定。初稿是長是短，得視個人習慣而定，一般說來，先為長篇，再作刪減，然亦不宜過長，而增加以後整理上的困難。

總之，一篇成功的初稿，需要依賴清晰、完整的筆記和切題的大綱，技巧上再注意掌握以上的原則，相信一定能完成一篇詳備的初稿，眼見一篇報告呼之欲出，真是一件莫大欣慰之事！

第八章　修正初稿並撰寫前言、結論及摘要

◆第一節　修正初稿◆

論文報告經過資料的收集整理及修正寫作大綱之後，便可開始寫初稿。初稿可視為一篇文章的藍圖，從這個尚未真正完成的稿子，我們可以繼續加以潤飾，而成為更嚴謹的正式報告。由於初稿是在資料的歸納與演繹當中，臨時運思順筆所寫成的，在此過程中，不一定能夠兼顧許多事情，所以在論文提出之前，必須對初稿再作一番修正潤飾的工夫。

在修正過程中，應先修正骨架，後修正內容。換言之，先修正全篇的格局及先後次序，然後再修正文字與細節內容。

修正格局的時候，不必重新抄寫，可以把相關的資料重整，調換位置，把需要的部分歸在一起，加上適當的連繫詞，將其連貫起來，但重整時應注意把注釋同時搬動，這就是為什麼在前面強調注釋必須要與正文緊密連在一起的理由，否則一經搬動，頭尾分家，就會發生錯誤。

在修正好大的格局及先後次序後，就輪到論文的細部修飾，此時應注意文句的修飾和形式的講求，因為任何一篇論文，即使議論再妙，見解再高，如果在文字上無法通暢表達，結構上無法條理清晰，都不足為人所重。必須使讀者在第一眼接觸之後，有足夠的吸引力刺激他再看下去，通常任何文章都是一樣，給讀者的第一印象是非常重要的，晦澀難懂的文句，如何能引起讀者興趣？自然也減低了文章的身價。

此外由於初稿是倉促運筆，很可能在用字遣詞及標點符號上發生

錯誤，應仔細地多校對幾遍。標點符號的正確使用，有助於讀者瞭解文字的意思〔注一〕，而正確的文字，可使人不致誤會作者的原意。由於不謹慎所造成的瑕疵，對一篇立論精闢的論文來說，實是令人惋惜的事。同時我們還需要注意，分段是否得宜、適當，段與段、句與句之間有無連貫性，以及每段文字內容的多寡，是否有適切的比例等。

一般說來，在文字的修飾過程當中，最好的辦法就是「朗誦」，看看自己唸起來是否通順，再酌加修訂。

由於一篇論文中的許多意思，都是由不同資料來源採集而成，因此其中的啟承轉合應盡量具有整體性，這多半要看轉接詞的運用是否得體。

人們的觀念、思想常隨著時間而有變異，所以文章也需要事後重新過目。通常修正和重寫的時間距離初寫時間愈長，則愈能以客觀態度，有技巧地加以批評與增刪。假如時間充裕，則可稍待數日再修正論文的初稿，務必使各個層次的條理分明，俾利非此方面專家的讀者也能夠對論點有清楚的瞭解。

最後必須注意前後邏輯是否分明，所討論的各種事情是否彼此相關，同時又不重複，以免令讀者感到乏味及無意義。

第二節　撰寫前言、結論及摘要

初稿修正之後，才能開始著手寫前言及結論。初稿尚未修正之前，由於我們對整篇報告的內容尚未有全盤肯定的構想，此時如倉促下筆，寫來必定不得要領，或者掛一漏萬，亦難使讀者獲有明確的概念。

前言中可以包括以下幾個要點：

〔注一〕有關標點符號的用法，請參見宋楚瑜編著，《學術論文規範》（臺北：正中書局，1977 年），第 3 章。

1.前言中可以指出寫本報告的動機、目的及本報告所從事研究的價值。
2.說明所研究問題的性質，特別是對論文中所討論的一些特殊名詞、概念和專門術語，需加以澄清（例如下定義）和解釋。
3.說明為什麼要研究這一個問題以及研究的經過與範圍。
4.告訴讀者還有什麼人對論文中所討論問題的其他方面已有研究，同時對於其他類似論文也應該加以介紹。
5.可以用生動的文字，諸如相關的小故事，來引出所研究的問題。
6.簡單敘述研究的方法。

結論是研究報告中最有價值的一環，因為在經過如此煞費周折的研究之後，所想要達到的目的，就是要提供讀者一個研究的總結，因此可以把全部資料提綱挈領敘述一番，作為全文的結束。在結論中，可以簡單扼要地分析並評價論文中的要點，必要時可將各項要點一一列舉，同時設法強調研究成果的正確性，說明這次研究所根據材料的可靠性，此外也需要謙虛地承認，在某一方面由於材料不充分，恐有未盡周詳之處，希望今後能有更豐富的資料再加印證，並指出今後繼續研究問題的方向。

在完成前言及結論之後，就是撰寫摘要的部分，此部分應是言簡意賅地將全篇論文的重要背景、研究方法及動機、研究問題主要立論及結果加以扼要介紹說明，也包括重要的參考文獻，才能算是一篇好的摘要，使人從簡短的陳述中就能掌握全文研究脈絡的梗概。除此，學術期刊、學報與學位論文，均需提供論文的關鍵詞，通常係依論文題目內容來決定一個至數個不等的關鍵詞，裨益提供日後其他研究者查詢使用。

論文寫作至此已到達完成的階段，只需要再作進一步的補充注釋，就可以清繕、完稿。

第九章　補充正文中的注釋

作論文報告與寫普通文章不同。由於作論文報告，大部分材料是參考各種書籍和研究報告而來，因此無論是完全引述他人的資料，或以自己的文字摘要敘述一些事實，與引用一切不是自己意見的資料時，都必須以注釋方式指出所引用資料的來源；除非是一些眾所熟知的諺語及亙古不變的真理可以無須注釋。因此我們可以將注釋的功用，簡單歸納為以下幾點：

1. 對在正文中所提到的某些特殊事實、論點或引句，陳述它們所根據資料的權威性，使讀者明瞭作者構思之來龍去脈。
2. 指引讀者參考論文中的其他有關部分。
3. 當作者認為某些資料值得在正文中一提，但又怕會打斷讀者思路時，可利用簡短的注釋，對正文所討論的問題，作一附帶的評論，說明和修飾。
4. 作者在其研究過程中，曾獲特定的個人或團體的協助及啟發，表示感謝之意。

歸納以上各點，我們可以把注釋分成兩大類：

1. 說明資料出處的注釋 (Reference Footnote)。
2. 解釋內容的注釋 (Content Footnote)，即對正文中所述特殊事實及論點提出進一步之評論或意見。

圖表、大綱、信件等除非甚為簡單，否則不應附在注釋裡。

注釋的數碼

正文中之每一注釋均應依其順序編號，中文可以方括號將編號括起來（列印時用小一號字），放在該句之標點符號之前。如〔注一〕、

〔注二〕……。亦可採用如英文一樣置於標點符號之後，於右上方的位置。

例：關於漢石碑的數目，說法也各有不同。有人認為是四十，也有人認為是四十六或四十八〔注一五〕。

關於漢石碑的數目，說法也各有不同。有人認為是四十，也有人認為是四十六或四十八。[15]

若採方括號注釋方式，每一編號應緊隨著所要注釋的一個句子或一段文字之後及標點符號之前。若是對一段引用的話作注釋，此時編號應直接放在引號之後，而非在被引文字作者名字或另一段介紹引文的文字之後。

注釋的編號可於論文之每頁中單獨計數。換言之，即以頁為單元，從「注一」開始編號；或以每一章為單元重新編號；亦可以全篇論文為單元從頭至尾逐一編號，是目前較為通行的方式。以上三種辦法，著者可擇一採用，但必須於全篇論文中自始至終遵守，不得跳號或插加副號（如加用注一甲）。

關於注釋的位置

論文注釋體例格式應求一致，按編號次序放在每頁正文之後，每一頁所出現之注釋編號應在同頁出現，注釋文字容可於次頁接續出現。

在不影響該論文之學術價值前提下，注釋應以精簡為原則，以維持頁面的整齊和節省空間。其精簡之辦法，可依下述方式為之。

如在單獨的一段文字中同時提及同一作者之同一作品中的數個引句，則僅須在最後一個引句之後，附加注釋以注明整段中各引句的資料出處。

在同一段文字中，如有若干一連串之人名需分別加以注釋，可於最後一個名字之後編號，不必分別就每一個名字逐一編號；而於一個注釋之下包含全部的注釋資料。

例：

錯誤：The means by which the traditional Western composers have attempted to...communicate with their audiences has been discussed at length...by Eduard Hanslick,[1] Heinrich Schenker,[2] Suzanne Langer,[3] and Leonard Meyer,[4] to name but a few.

正確：The means by which the traditional Western composers have attempted to...communicate with their audiences has been discussed at length...by Eduard Hanslick, Heinrich Schenker, Suzanne Langer, and Leonard Meyer, to name but a few.[1]

在以上這個注釋之下，全部的注釋資料的寫法如下：

[1]Eduard Hanslick, *The Beautiful in Music*, trans. G. Cohen (New York: Novello, Ewer, 1891); Heinrich Schenker, *Der freie Satz*, trans. and ed. T. H. Kreuger (Ann Arbor: University Microfilms, 1960), pub. no. 60–1558; Suzanne Langer, *Philosophy in a New Key* (New York: Mentor, 1959); Leonard B. Meyer, *Emotion and Meaning in Music* (Chicago: University of Chicago Press, 1956), and *Music, the Arts, and Ideas* (Chicago: University of Chicago Press, 1967).

與正文無直接關係之圖表、大綱、信件等，應放在附錄中，並以簡短之注釋提示之。如注釋太長、太複雜，亦應以簡短之注釋先行提示後，再改列為附錄。

例：〔注一〕有關銀行及捐款者之詳細名單詳見附錄三。
[1]The member banks and their contributions are listed in appendix 3.

假若在方塊引文中，原就有一個或一個以上的注釋，原則上可省略原有之注釋，僅注明方塊引文之出處即可。如絕對有必要亦可保留原有之注釋，以短線（占五格）分開方塊引文與其原有之注釋，後者應另起一行，並應注意空格，使之與引文之正文不致混淆，其注釋號碼依原文，並加一「原」字，如〔原注十〕。英文情況，舉例如下：

例：

They might all have said, along with Bataille himself:

> My tension, in a sense, resembles a great welling up of laughter, it is not unlike the burning passions of Sade's heroes, and yet, it is close to that of the martyrs, or of the saints.[1]
>
> ---
>
> [1]"Ma tension ressemble, en un sens, à une folle envie de rire, elle diffère peu des passions dont brûlent les heros de Sade, et pourtant, elle est proche de celle des martyrs ou des saints." *Sur Nietzsche*, p. 12.

若作者對於該段方塊引文欲加上新的注釋，則編號應接續正文中之編號，且注釋要置於每頁之末或每章之後。

資料出處之注釋

凡正文中初次徵引一種資料時，必須在注釋中備列作者之姓名，作品之名稱，其作品之冊、卷、頁碼、出版地、出版日期等全部詳細書目資料，此稱之為初注；而於此後再徵引同一資料時，則可予以簡化，如用〔見注×〕、〔見第×章注×〕之辦法，其簡化格式詳見後文之討論。

基本形式

注明書籍資料出處之注釋，可於書名頁中獲得注釋資料（總頁數除外）。依次應包括作者姓名、書名、編者、輯者、或譯者、序言、引言或前言等之作者、叢書名稱及編號、版本、總卷數（一卷以上者始適用之）、出版有關事項（包括出版地、出版者、出版日期等）、卷別（若僅徵引多卷頭出版品中某一卷時適用之），及引用資料所在之頁碼等。以上各項不適用時，則從略。

例：[1]Paul Tillich, *Systematic Theology*, 3 vols. (Chicago: University of Chicago Press, 1951–63), 1: 9.

注明期刊資料出處之注釋，可於封面或從文章題目本身獲得徵引資料。依次應包括作者姓名、文章名稱、期刊名稱、卷別及期別、出版日期及頁別等資料。以上各項不適用時，則從略。

關於基本形式中所提之各項，現分述於後：

關於作者項

原則上應用作者之全名。若原著作上僅有名而無姓，應盡可能查出補全。

若原著者、譯者或編者在書刊中使用筆名，而論文之作者能找出其本名，此時注釋中應將其本名括以方括號，置於筆名之後。

例：彭歌〔姚朋〕
H[enry] R[obert] Anderson

有些筆名較本名更為人所熟悉，則用筆名。

例：楊子（原名楊選堂）
三毛（原名陳平）
Anatole France, George Eliot, and Mark Twain

著者採用筆名時，若在書名頁上明顯寫明著者所用之名為筆名，則使用圓括號；若未在書名頁上寫明而係查證出或家喻戶曉者，則使用方括號。

例：陳若曦〔筆名〕
瓊瑤〔筆名〕
Helen Delay (pseud)
Helen Delay [pseud]
Elizabeth Cartright Penrose [Mrs. Markham], *A History of France* (London: John Murray, 1872), p. 9.

若書名頁上未注明著者，或僅寫明著者為「佚名」，經查證出之著者姓名應使用方括號。

例：〔羅振玉〕
[Henry K. Blank], *Art for Its Own Sake* (Chicago: Nonpareil Press, 1910), p. 8.

非萬不得已不用「佚名」為著者，若實在無法確定著者，則在注釋中可於著者項下，寫「作者不詳」字樣，並括以方括號。

倘若一作品有二個或三個作者，則按正常順序列出所有作者姓名，二個作者之間加頓號，最後並加「合著」、「合編」、「合撰」等字樣。

例：屈萬里、昌彼得合著，《圖書版本學要略》
Walter E. Houghton and G. Robert Stange, *Victorian Poetry and Poetics* (Cambridge: Harvard University Press, 1959), p. 27.
Bernard R. Berelson, Paul F. Lazarsfeld, and William Mc Phee, *Voting* (Chicago: University of Chicago Press, 1954), pp. 93–95.

若是有三個以上的作者，則只取書名頁上第一個提到的作者，而於後加「等撰」、「等著」、「et al.」……之字樣。

例：謝冰瑩等編譯，《新譯四書讀本》，修訂 4 版（臺北：三民書局，1970 年），頁 50。

Jaroslav Pelikan et al., *Religion and the University*, York University Invitation Lecture Series (Toronto: University of Toronto Press, 1964), p. 109.

作者的頭銜應省略之，如：教授、博士……等頭銜。

作者亦可為團體作者（可能為一機關，或一社團）。

例：行政院國際經濟合作發展委員會人力發展小組編，《人力發展研究總報告》，再版（〔臺北〕：編者印，1968 年）。

Special Libraries Association, *Directory of Business and Financial Services* (New York: Special Libraries Association, 1963), p. 21.

某些作品諸如輯、詩選等，可由編者或輯者代替作者之位置，此時於其名之後加一「編」、「輯」、「編著」、「編訂」或「ed.」等字樣。

例：國家圖書館編訂
商務印書館輯
楊守敬編
潘鴻初輯
J. N. D. Anderson, ed., *The World's Religions* (London: Inter-Varsity Fellowship, 1950), p. 143.

關於書名及文章之題目

抄錄一書之全名應以書名頁之資料為主；在抄錄期刊文章之題目之後應加逗號，並緊接著抄錄期刊名稱。書名及文章中原有之標點符號，原則上應予保留。

例：〈新興的養蠶事業〉，《光華畫報》
〈農村繁榮的實例——桃園平鎮社區〉

書名或期刊之名稱應用雙書名號，文章題目使用單書名號。書名之後用逗號，若緊隨著為出版項，則接著用圓括號，並將逗號置於圓括號之後。

例：呂律，《蘇俄經濟研究》（臺北：中華民國國際關係研究所，1974年），頁 163。
Arthur C. Kirsch, *Dryden's Heroic Drama* (Princeton, N. J.: Princeton University Press, 1964), p. 15.
William W. Crosskey, *Politics and the Constitution in the History of the United States*, 2 vols. (Chicago: University of Chicago Press, 1953), 1: 48.

期刊與卷別之間用逗號，卷別若另有日期識別，則出版日期應用圓括號，之後用冒號，接著寫頁別。

例：董作賓，〈沁陽玉簡〉，《大陸雜誌》，第 5 卷第 4 期（1955 年）：107－108。
Samuel M. Thompson, "The Authority of Law," *Ethics*, 75 (October 1964): 16–24.

排印出版品中的書名或文章題目，往往為了美觀與排版上引人注目，常以字體大小來表示意思上的從屬關係，因而省略題目中的標點符號。但是在正文、注釋或書目中，則必須補加標點符號，否則文句就不通順了。尤其是當一書名或文章題目包括有一副標題時，更有此必要。在此情況下，通常可在主從二者之間加一破折號或冒號。

例：汪雁秋，《文化交流——出版品國際交換（第一次全國圖書館業務會議記要)》(臺北：國立中央圖書館，1972 年)，頁 124—86。

The Early Growth of Logic in the Child: Classification and Seriation

關於輯者、編者、譯者

若書名頁上除作者外尚有輯者、編者、或譯者之姓名，則於作者及書名之後加「輯」、「編」、「譯」、「ed.」或「trans.」等字樣。如原著者未載明，可以譯者代作者地位。

例：錢存訓，〈中國對造紙術及印刷術的貢獻〉，馬泰來譯，《明報月刊》，第 84 期（1972 年 12 月）：2—7。

瑞里，〈新權力均勢下的中共與美國〉，甘居正譯，《中共研究選譯》，第 10 期（1975 年 1 月）：38—56。

陳文俊節譯，〈政治過程的危機〉，《憲政思潮》，第 19 期（1972 年 7 月）：58—68。

Edward Chiera, *They Wrote on Clay*, ed. George G. Cameron (Chicago: University of Chicago Press, 1938), p. 42.

Ivar Lissner, *The Living Past*, trans. J. Maxwell Brownjohn (New York: G. P. Putnam's Sons, 1957), p. 58.

作品可能同時有作者、編者、譯者，則均需一一注明，如編者與譯者為同一人，則可加「編譯」、「編者」等字樣。

例：Helmut Thielicke, *Man in God's World*, trans. and ed. John W. Doberstein (New York and Evanston, Ill.: Harper & Row, 1963), p. 43.

August von Haxthausen, *Studies on the Interior of Russia*, ed. S. Frederick Starr, trans. Eleanore L. M. Schmidt (Chicago: University of Chicago Press, 1972), p. 47.

若是書名本身即包含有作者之名，則可省略去其作者姓名。亦可不省略作者姓名，參照前例列出作者，而後書名，其後再為編者姓名。除非該書或論文所討論之主題即為編者，則可以編者取代作者之位置。

例：《覃子豪全集》，×冊（臺北：覃子豪全集出版委員會，1965 年），1：36。

或：

覃子豪，《覃子豪全集》，×冊（臺北：覃子豪全集出版委員會，1965 年），1：36。

The Works of Shakespear, ed. Alexander Pope, 6 vols. (London: Printed for Jacob Tonson in the Strand, 1723–25), 2: 38.

Or:

Shakespear, *The Works of Shakespear*, ed. Alexander Pope, ...

Alexander Pope, ed., *The Works of Shakespear*, 6 vols. (London: Printed for Jacob Tonson in the Strand, 1723–25), 2: 38.

序言、前言或引言作者之名氏

若書名頁特別提出序言、前言或引言作者之名氏，則此類名字亦須包括於注釋之中。

例：沈瀚之，《史學論叢》，劉松培序（臺北：正中書局，1963 年），頁 5。

W. H. Auden, Foreword to *Markings*, by Dag Hammarskjöld (New York: Alfred A. Knopf, 1964), p. ix.

Dag Hammarskjöld, *Markings*, with a Foreword by W. H. Auden (New York: Alfred A. Knopf, 1964), p. 38.

叢書之名

有時某些書與小冊子在出版之同時即被定名為叢書的一部分（如人人文庫、國立政治大學叢書等），而由出版者與社會事業機構（特別是大學或研究所）、政府機關、學術團體、工商團體等所贊助出版。雖然叢書與定期出版品以及多卷作品具有某些相似之處，但由於出版品的性質不同，三者之間仍有重要的區別，各有各的獨特型態。

叢　書

叢書是由其贊助者在長期計畫之下所出版的一系列出版品。其目的在不時地出版，由不同作者，在一個大範圍之下，就特定的主題和目的，所作的書或小冊子。許多叢書在出版時即被賦以號碼，在徵引時應注明叢書之名稱，其後亦須注明其叢書編號。叢書名稱及其編號均不加書名號或引號。

例：江炳倫，《政治發展的理論》，人人文庫 1843 及 1844（臺北：商務印書館，1973 年），頁 7。

Herbert Jacob, *German Administration since Bismarck: Central Authority versus Local Autonomy*, Yale Studies in Political Science, vol. 5 (New Haven, Conn.: Yale University Press, 1963), p. 124.

National Industrial Conference Board, *Research and Development*, Studies in Business Economics, no. 82 (New York: National Industrial Conference Board, 1963), p. 21.

Maximillian E. Novak, *Defoe and the Nature of Man*, Oxford English Monographs (London: Oxford University Press, 1963), p. 45.

多卷作品

多卷作品出版的卷數，在出版之前事先差不多都已有計畫。此種作品係由許多相同主題的作品所組成，所有的卷數可能出自同一作者，而且有相同的書名（如例一）；或者同一作者而書名不同（如例二）；或不同作者而各卷用不同的書名，但全部作品再由一統一的書名輯集在一起（如例三）。

例一：薩孟武，《中國社會政治史》，4 冊（臺北：三民書局，1976 年），2：42。

例二：呂清夫譯，《西洋美術全集》，第 1 冊：《原始、古代、中世》；第 2 冊：《文藝復興、近世》；第 3 冊：《近代、現代民俗》；3 冊（臺北：光復書局，1976 年），3：28。

例三：王雲五主編，《雲五社會科學大辭典》，第 1 冊：《社會學》，龍冠海編；第 2 冊：《統計學》，張果為編；第 3 冊：《政治學》，羅志淵編；第 4 冊：《國際關係》，張彝鼎編；第 5 冊：《經濟學》，施建生編；第 6 冊：《法律學》，何孝元編；第 7 冊：《行政學》，張金鑑編；第 8 冊：《教育學》，楊亮功編；第 9 冊：《心理學》，陳雪屏編；第 10 冊：《人類學》，芮逸夫編；第 11 冊：《地理學》，沙學浚編；第 12 冊：《歷史學》，方豪編；12 冊（臺北：商務印書館，1971 年），3：42—48。

例四：Paul Tillich, *Systematic Theology*, 3 vols. (Chicago: University of Chicago Press, 1951–63), 2: 48.

例五：Gerald E. Bentley, *The Jacobean and Caroline Stage*, vols. 1, 2: *Dramatic Companies and Players*; vols. 3–5: *Plays and Playwrights*; vol. 6: *Theatres*; vol. 7: *Appendixes to Volume 6 and Indexes* (Oxford: Clarendon Press, 1941–68), 3: 28.

例六：Gordon N. Ray, gen. ed., *An Introduction to Literature*, vol. 1: *Reading the Short Story*, by Herbert Barrows; vol. 2: *The Nature of Drama*, by Hubert Hefner; vol. 3: *How Does a Poem Mean?* by John Ciardi; vol. 4: *The Character of Prose*, by Wallace Douglas; 4 vols. (Boston: Houghton Mifflin Co., 1959), 2: 47–48.

期　刊

期刊是在一定期間內如每日、每週、每月、每季賡續出版的刊物，並加編號。通常每一期雜誌或刊物中包含不同作者的文章，其格式參見前述之說明。但特刊、增刊、附刊亦應特別注明。

例：黃兆洲，〈臺灣的核能發電計畫〉，《自立晚報》，1974 年 10 月 10

日，《自立晚報》創刊27週年特刊：《邁向高度開發的臺灣》，頁10。

Elias Folker, "Report on Research in the Capital Markets," *Journal of Finance* 39, supplement (May 1964): 15.

版　本

所徵引的書若非第一版時，須注明版次。此項資料往往印在書名頁，但亦可能在版權頁（書名頁之反面或封底）中尋到。除了版次外，尚有特殊版名、再版及平裝版等不同版本的區別，均應注明。

版　次

舊書重新付印或修訂後再付印，通常均有新的版次命名如「新版」、「新修正版」、「第×版」、「修正版」、「修正×版」、「×版」、「增修版」……等等，均應注明，以資識別。

例：施建生，《經濟學原理》，5版（臺北：大中國圖書公司，1974年），頁12。

Charles E. Merriam, *New Aspects of Politics*, 3d ed., enl., with a Foreword by Barry D. Karl (Chicago: University of Chicago Press, 1972), p. 46.

John Wight Duff, *A Literary History of Rome from the Origins to the Close of the Golden Age,* 3d ed., edited by A. M. Duff (New York: Barnes and Noble, 1964), p. 86.

再　版

絕版書重印即成為再版書，在注釋及書目中均應注明重印資料，並應載明原版的出版日期及出版者。

例：梁玉繩，《瞥記》，大華文史叢書第一集（錢塘：汪大鈞刻，清同治4年〔1845〕；據高陽李氏藏汪氏食舊堂叢書本影印，臺北：大華印書館，1968年），頁9。

Gunnar Myrdal, *Population: A Problem for Democracy* (Cambridge: Harvard University Press, 1940; reprint ed., Gloucester, Mass.: Peter Smith, 1956), p. 9.

平裝版

如平裝版與精裝版之內容除封面外完全相同，則不必注明版名，但平裝版有時是精裝版之節本，所以兩者之頁數可能不同。因此在此情況下，平裝版的注釋書目資料中，須說明此書為平裝版，並注明版名、出版者及日期。

例：（臺北：學生書局，平裝本，1971年），頁87。

George F. Kennan, *American Diplomacy, 1900–1950* (Chicago: University of Chicago Press, Phoenix Books, 1970), p. 48.

George F. Kennan, *American Diplomacy, 1900–1950* (Chicago: University of Chicago Press, 1951. Also in paperback edition by the same publisher: Phoenix Books, 1970), pp. 80–82.

許多通俗古書常為出版商一再翻印，排版字體不一，不同版本之頁碼自不一致，故應注明版次，以為徵引之便。

例：〔洪自誠〕，《菜根譚》，蘅塘退士譯注，青年修養叢書（臺南：大東書局，1964年），頁5。

Blaise Pascal, *Pensees and the Provincial Letters*, The Modern Library (New York: Random House, 1941), p. 418.

卷　數

徵引多部頭之書籍，應該包括總卷數。

例：李約瑟，《中國之科學與文明》，陳立夫等譯，6冊（臺北：商務印書館，1976年）。

Paul Tillich, *Systematic Theology*, 3 vols. (Chicago: University of Chicago Press, 1951–63).

出版有關事項

出版有關事項包括出版地、出版者、和出版日期。出版事項之排列次序及格式為：出版地、出版者、出版日期。此一格式適用於所有排印的書籍、專著、小冊以及任何複印出版的作品。

例：（臺北：商務印書館，1977 年）
(London: Hogarth Press, 1964)

出版地

假若有兩個或兩個以上的城市名稱出現在書中出版者項下，第一個地名應為編輯出版事務所的所在地，故應於出版地項下選填第一個地名。

假若在書名頁、版權頁中都找不到出版地或出版者，但如能確定其所屬，則將出版地或出版者括以方括號。如無出版者，可錄印刷廠名。如係作者自資出版，可寫「自刊」兩字。若實在不能確定，則在出版地或出版者項下，寫明「出版地不詳」或「出版者不詳」，或「出版地及出版者均不詳」字樣。

例：洪邁，《法學提要》（〔臺北〕：中華書局，1972 年）。
John G. Barrow, *A Bibliography of Bibliographies in Religion* (Austin, Tex.: By the Author, 716 Brown Bldg., 1955), p. 25. [Street address not always given.]

假若書名頁中指示出該書係由兩個出版者所共同出版的，則此兩個出版者之名稱均應注明。

例：羅素，《羅素回憶錄》，林衡哲譯（臺北：志文出版社及真善美出版社，1967 年）。

或：

羅素，《羅素回憶錄》，林衡哲譯（臺北：志文出版社；高雄：華明書局，1967 年）。

(New York: Alfred A. Knopf and Viking Press, 1966)

(Boston: Ginn & Co., 1964; Montreal: Round Press, 1964)

若書名頁載明某書由一出版商的附屬公司所刊行，則兩個名稱皆要注明。

例：(Cambridge: Harvard University Press, Belknap Press, 1965)

若某書係某一機關或社團委託某出版商所出版，且兩者的名稱同時出現於書名頁上，則兩者均應注明。

例：(臺北：國立政治大學委託正中書局出版，1976 年)

(New York: Columbia University Press for the American Geographical Society, 1947)

應據實記錄書名頁上的出版商之名稱，不得因該出版商已改名，而在徵引該公司使用舊名稱時代所出版書籍時，自行使用新名稱。

出版日期

出版日期以該書所載最近一版出版之日期為準，如係同一版一再印刷，不應稱之為版，而應稱之為「第 1 刷」或「第 2 刷」……，其出版日期以該版第 1 刷之日期為準。假若出版日期非由書名頁、版權頁中找出，則應加一方括號，例如當出版日期係由圖書館之卡片中尋獲時，應將此日期括以方括號。如出版時間無從查考，可用序跋時間，如：××年序。

例：(New York: Grosset & Dunlap, n. d.)
(New York: Grosset & Dunlap, [1931])

第一次提到一多部頭的書籍時，應包括該書之總卷數和出版項。假若其中各卷之出版時間不一，則應注明首尾兩卷之出版時間，並在其間加一破折號。

例：(臺北：正中書局，1964—1966 年)
Paul Tillich, *Systematic Theology*, 3 vols. (Chicago: University of Chicago Press, 1951–63), 2: 182.
Paul Tillich, *Systematic Theology*, 3 vols. (Chicago: University of Chicago Press, 1951–63), 2 (1957): 182.

一部多卷頭的書，若各卷均在同一年內出版，則不需於卷後分別注明出版日期。

例：王雲五主編，《雲五社會科學大辭典》，12 冊 (臺北：商務印書館，1971 年)，第 3 冊：《政治學》，羅志淵編，頁 5—7。
Gordon N. Ray, gen. ed., *An Introduction to Literature*, 4 vols. (Boston: Houghton Mifflin Co., 1959), vol. 2: *The Nature of Drama*, by Hubert Hefner, pp. 47–49.

當一部多卷頭作品尚未完全出版時，則在開始出版的年份之後加一破折號。

例：(臺北：中華書局，1971 年—)

徵引期刊通常可省略出版地及出版者，徵引國內重要報紙亦省略出版地及出版者，但地方小型報紙應注明出版地以為識別。

例：Jack Fishman, "Un grand homme dans son intimite: Churchill," *Historia* (Paris), no. 220 (November 1964), pp. 684–94.

卷 別

徵引多卷頭的著作，必須注明卷別以及頁碼，在首次徵引時，並需包括出版事項。引用期刊資料時，不論其為週刊、月刊、或年刊等，如果此期刊雖分卷分期，但其各卷之頁數不分期，而為連貫者，則只注明卷別，再注明出版年月便可；如頁數之計算以每一期為一單元，每一期頁碼各不相連，則須注明卷別及期別以及出版年月日。

例：石樂三，〈美俄角逐中之中東和談前途〉，《問題與研究》，第 14 卷（1975 年 6 月）：774—9。

李瞻，〈我國新聞事業之新方向〉，《人與社會》，第 2 卷第 4 期（1974 年 10 月）：40—46。

Don Swanson, "Dialogue with a Catalogue," *Library Quarterly* 34, (December 1963): 113–25.

若僅以卷數區分之期刊，則只注明卷別。

例：許甦吾，〈新加坡中英文報業史話〉，《東南亞研究》，第 7 卷（1971 年 12 月）：79—84。

若僅以期數區分之期刊，則只注明期別。

例：周棄子，〈關於郁達夫的詩〉，《中華雜誌》，第 92 期（1971 年 3 月）：39—40。

Konrad Lorenz, "The Wisdom of Darwin," *Midway*, no. 22 (1965), p. 48.

J. Durbin, "Estimation of Paramoters in Time Series Regression Models, " *Journal of the Royal Statistical Society*, ser. B. 22 (January 1960): 139–53.

一般性的通俗期刊，可省略卷別及期別，只須注明日期，且不用括號。

例：李雨生，〈英國教育制度好複雜〉，《新聞天地》，1976 年 9 月 4 日，頁 11—12。

Barbara W. Tuchman, "If Asia Were Clay in the Hands of the West," *Atlantic*, September 1970, pp. 68–84.

日報、周刊及半月刊只需注明日期便可。

例：〈從聯考談教育設施應有之變革〉，《民眾日報》，1973 年 7 月 29 日，第 2 版，社論。

周丹，〈威斯康辛大學佛教研究計畫簡介〉，《今日世界》，1965 年 7 月 16 日，頁 20。

Palo Alto (Calif.) *Times*, 19 November 1970.

Franklin D. Murphy, "Yardsticks for a New Era," *Saturday Review*, 21 November 1970, pp. 23–25.

對於已預告但尚未出版之作品，其注釋方式如下：

例：Marshall Hodgson, *The Venture of Islam* (Chicago: University of Chicago Press, forthcoming).

Robert D. Hume, "Theory of Comedy in the Restoration," *Modern Philology*, forthcoming.

頁　數

關於單頁，僅注明頁碼即可，如頁 6。至於連續頁數之寫法列舉如下：

例：3—10

11—20

71－72
100－104；600－613
107－8；1002－3
321－25；415－532
1536－38
1890－1954

標注頁數時，宜精確。如頁 83－87，而不能寫「頁 83 以後」或「83ff.」。所引期刊中某篇文章，因排版上的原因，在同一期中未能以連號頁碼連續刊出，因此發生頁數分開為兩部分的情況，在徵引時不能僅注首尾兩個頁碼，如「11－40」頁；而應注明兩組頁碼，如「11－22；39－40」頁。

如資料來源散見於某一章節，或某一部分中，可用「散見」或「Passim」表示。

例：龍冠海，《社會學》（臺北：三民書局，1966 年），散見第二章。
———，散見頁 20－51；60。
Haxthausen, *Studies on the Interior of Russia*, chap. 9 passim.
Kennan, *American Diplomacy*, pp. 80–85 passim, 92, 105.

數字的寫法，凡論及卷、期、章、頁、葉（古籍用，即兩頁）、（劇本中的）幕、景、（詩的）節、行、及圖表、地圖等時，使用之數字如果是中式直排可用中國漢字數字，以示清晰。西式橫排時，可用阿拉伯數字。但原書若以數字以外之標示指示頁碼，則不在此限，而應從原書之標示，以資識別。

相同來源的資料分注數處

若同一資料來源幾度被徵引，只須於第一次出現時，詳注作者、書名或期刊刊名、卷期；再度徵引時僅需注「同注×，第×章，頁×」；或「同注×，頁×」便可。

名稱的簡稱

冗長之學術團體及政府機構之名稱可以用簡稱，但在第一次於注釋中出現時，亦須注明全名，並須用圓括號說明後面所使用之簡稱，如「(以下簡稱國科會)」。期刊之名稱亦可用簡稱。

例：柴松林，〈中共的人口政策及中國大陸人口靜態動態的現在與未來〉，《國立政治大學學報》(以下簡稱《政大學報》) 第 29 期 (1974 年 5 月)：227－77。

AHR, *American Historical Review*

NRF, *Nouvelle Revue Francaise*

DNB, *Dictionary of National Biography*

OED, *Oxford English Dictionary*

Christopher Addison, *Four and a Half Years*, 2 vols. (London: Hutchinson & Co., 1934), 1: 35 (hereafter cited as Addison, Diary).

在一篇論文中經常引用之書名，也可用簡稱。

例：《三個臺灣土著族血族型親屬制度的比較研究》(以下簡稱《血親研究》)

二手資料之引用

若引用之資料係二手資料，必須將一、二手資料同時注明，一般來說，通常採用下述第(1)例之方法，在某種情況下，需要強調二手資料來源，則可採用第(2)例之方法。

例：(1)董作賓，〈中國文字的起源〉，《大陸雜誌》，第 5 卷第 10 期

（1952年11月）：349，轉引自錢存訓，《中國古代書史》（又名：《書於竹帛》）（香港：香港中文大學，1975年），頁37。

⑵錢存訓，《中國古代書史》（又名：《書於竹帛》）（香港：香港中文大學，1975年），頁37，引自董作賓，〈中國文字的起源〉，《大陸雜誌》，第5卷第10期（1952年11月）：349。

⑴ *Jesuit Relations and Allied Documents*, vol. 59, n. 41, quoted in [or "cited by"] Archer Butler Hulbert, *Portage Paths* (Cleveland: Arthur H. Clark, 1903), p. 181.

⑵ Archer Butler Hulbert, *Portage Paths* (Cleveland: Arthur H. Clark, 1903), p. 181, quoting [or "citing"] *Jesuit Relations and Allied Documents*, vol. 59, n. 41.

特殊形式的資料

報　紙

參考資料如係引用自報紙，注釋中應注明報紙之名稱、日期、版次、或頁次，如係特刊，亦需注明。

例：黃天才，〈越戰後的日本外交動向〉，《中央日報》，1973年2月11日，第2版。

朱樸堂，〈論語集註的偏失〉，《華僑日報》，1973年12月10日，第6張，頁4。

李剛，〈香港經濟的明暗面〉，《華僑日報》，1973年6月5日，特刊，第5張，頁1。

漢客，〈減少噪音〉，《中央日報》，航空版，1972年1月13日，第4版。

"Amazing Amazon Region," *New York Times*, 12 January 1969, sec. 4, p. E11.

小型的地方報紙如其名稱中未含出版地名，則於名稱後以圓括號附注出版地，除非大城市，否則亦需注明省份。

例：《金門日報》

《民眾日報》（基隆）

《更生日報》（臺灣花蓮）

Menlo Park (Calif.) *Recorder*

Richmond (Ind.) *Palladium,* 18 December 1970, p. 1.

Times (London) *But: Frankfurter Zeitung*

Le Monde (Paris) *Manchester Guardian*

百科全書、類書或字典之引用

引用不常見之中文百科全書或字典時，除寫明該書之作者或編者，出版者，版次（第一版除外），及出版日期外，尚須於頁數之後寫明「見『××』條」或「s. v. "××"」字樣。

例：盧震京，《圖書學大辭典》（臺北：商務印書館，1971 年），頁 520，見「蝴蝶裝」條。

《辭海》，臺 1 版（1956 年），頁 3096，見「雁塔」條。

李昉等撰，《太平御覽》，卷 796，四夷部，見「丁令」條。

Encyclopaedia Britannica, 11th ed., s. v. "Blake, William," by J. W. Comyns-Carr.

Encyclopedia Americana, 1963 ed., s. v. "Sitting Bull."

Columbia Encyclopedia, 3d ed., s. v. "Cano, Juan Sebastian del."

Webster's Geographical Dictionary, rev. ed. (1964), s. v. "Dominican Republic."

小　說

引用古典小說時應注明章、回或部，而不注頁數，因為不同之版本有不同之頁數。

例：曹雪芹，《紅樓夢》，第 1 回，「甄士隱夢幻識通靈，賈雨村風塵懷閨秀」。

Joseph Conrad, *Heart of Darkness* (New York: Doubleday, Page &

Co., 1903), chap. 3.

現代小說則可寫頁數，但須注明出版商。

例：陳若曦，《尹縣長》（臺北：遠景出版社，1976年），頁171—203。

John Cheever, *Bullett Park* (New York: Alfred A. Knopf, 1969), p. 139.

劇本和長詩

引用現代劇本時，注法與書籍同，唯要注明幕、景，甚至行數。

例：王生善，《春回普照》，人人文庫1253（臺北：商務印書館，1969年），第1幕，第2景，第32行。

Louis O. Coxe and Robert Chapman, *Billy Budd* (Princeton: Princeton University Press, 1951), act 1, sc. 2, line 83.

引用古代劇本，應寫明原劇中的折或齣，而不寫幕。

例：（元）關漢卿撰，《關張雙赴西蜀夢》，第1折，「英魂」。

Romeo and Juliet 3. 2. 1–30.

Or:

Romeo and Juliet, act 3, sc. 2, lines 1–30.

Paradise Lost 1. 83–86.

Or:

Paradise Lost, bk. 1, lines 83–86.

短　詩

短詩通常收入某集子中，應寫明詩名、作者、集子名稱、其出版年份、出版者及節次。

例：蓉子，〈夢的荒原〉，輯於張默、洛夫、瘂弦主編，《七十年代詩選》(臺北:大業書局,1967 年),第 3 節,第 12 行。

Francis Thompson, "The Hound of Heaven, " in *The Oxford Book of Modern Verse* (New York: Oxford University Press, 1937), stanza 3, lines 11–21.

古　書

引用古書之某部分時,注法與一般書本相同,唯必須依所引文獻排列的順序,錄其卷別、冊別、章別、頁別等。若所引文獻,僅有一卷一冊,則不錄卷、冊碼,僅錄頁碼。又,中國舊刊書籍每頁有兩面,可在頁碼後加「前」、「後」字樣以表示之;頁若分上下欄者,可在頁碼上加「上」或「下」字眼以為區別。

例:《盛京通志》……卷 2,頁 12 前;頁 15 後。

徐乾學,〈駁曾子固公族議〉,見姚椿編,《清朝文錄》(臺北:大新書局,×年),卷 1:《論辯論》,頁 41。

Homer *Odyssey* 9. 266–71.

Or:

Hom, *Od*. 9. 266–71.

Cicero *De officiis* 2. 133, 140.

Horace *Satires, Epistles and Ars poetica*, Loeb Classical Library, p. 12.

H. Musurillo *TAPA* 93 (1926): 231.

IG Rom., III. 739. 9. 10, 17. [This refers to *Inscriptiones Graecae ad res Romanas Pertinentes*, vol. III, document 739, section 9, lines 10 and 17.]

E. Meyer *Kleine Schriften* 1^2(Halle, 1924), 382.

Stolz-Schmalz *Lat. Gram.* (rev. Leumann-Hofmann; Munich, 1928), pp. 490–91.

Aristotle *Poetics* 20. 1456 20. 34–35.

POxy. 1485. [*POxy.=Oxyrhynchus Papyri*. The number cited is that of the document number; there is no volume number.]

Irenaeus *Against Heresies* 1. 8. 3.

John of the Cross *Ascent of Mount Carmel* (trans. E. Allison Peers) 2. 20. 5.

Beowulf, lines 2401–7. [When the specific part is named, a comma separates title from reference.]

徵引通俗常見的古代詩、詞、歌賦時，在不妨礙文氣情形下，應在正文中注明作者及出處，而不另以注釋注記。諸如在正文中引用常見之四書章句，可以在正文中直接以圓括號注明出處，而不必再用注釋注明出處。如有礙文氣，則仍用注釋。

例：孔子對「恕」的定義是：「己所不欲，勿施於人。」（《論語》〈衛靈公〉）

徵引編年體文字時，應注明所引文字出處之年月甲子並在其後加一「條」字樣。如同一甲子日中所記甚多，並應注明其卷頁。

例：《清高宗實錄》……乾隆58年正月戊午條，卷1421，頁20—21。

徵引奏議、函牘、電報等文件，無論已刊或未刊，均應注明其發文者、發文日期（電報代字，如漾、沁等）、書檔名稱、部、冊、卷、及頁碼。

例：景淳奏，咸豐9年9月3日，見《四國新檔》：俄國部，頁657下—658上。

《工約》，光緒32年11月23日收駐美大臣梁函附件一：節譯〈1905年美國阿立根省砵崙埠商會上美總統書〉。

外交部檔案，1922年10月4日，外交部致駐法、美、英、德、義公使電。

聖經之引用

基督教之新、舊約聖經在正文與腳注中均可用縮寫書名，並以數字字母表示章節。在章、節之間加一個冒號。如引用之新、舊約中文譯本為聖經公會所印發之《新舊約全書》「和合譯本」，則可不必注明版本名，否則應注明。

例：詩篇 103：6—14。
林前 13：1—13。(全名為哥林多前書)
Psalm 103: 6–14.
1 Cor. 13: 1–13 (NEB). [NEB = New English Bible.]

電臺與電視節目

提及廣播電臺或電視節目時應加引號，並注明縮寫之廣播網、電臺或電視臺名稱。如果涉及特別節目時，並應注明年、月、日。如所引電臺或電視節目內容對正文的討論極關重要，則需更進一步注明其來源及資料。

例：華視，「包青天」
警察電臺，「安全島」，1976 年 7 月 22 日。
KQED, "How Do Your Children Grow?"
KPFA, "At Issue," 22 December 1970.
CBS, "Twentieth Century," 28 October 1962, "I Remember: Dag Hammarskjöld, " Walter Cronkite.

微影資料

許多有價值的歷史性或時事性資料多被製成微影膠片保存，早期出版的書、雜誌、報紙亦被複製成微影膠片。亦有不少作品以微影膠片的方式出版。無論如何，徵引微影出版品應注明最原始的出版事項，並在原出版事項之後再加注微影版本的出版地及出版者等資料。如有需要，並應注明微影膠片之出版編號，其格式仿照一般書刊之規定。對僅以微影方式出版的作品，仿照印刷品格式寫明出版地、出版者、出版編號和出版年份。

例：謝彬，《民國政黨史》（上海：學術研究會總會，1926 年；美國華盛頓特區：中國研究資料中心，M9、11，1969 年）。

Godwin C. Chu and Wilbur Schramm, *Learning from Television: What the Research Says* (Bethesda, Md.: ERIC Document Reproduction Service, ED 014 900, 1967).

Paul Tillich, *The Interpretation of History* (New York: Charles Scribner's Sons, 1936; Ann Arbor, Mich.: University Microfilms, OP 2783, n. d.).

U. S., Congress, House, Committee on Interstate and Foreign Commerce, *Passenger Train Service*, Hearings before the Subcommittee on Transportation and Aeronautics on H. R. 17849 and S. 3706, 91st Cong., 2d sess., 1970 (Washington, D. C.: Congressional Information Service, 500 Montgomery Bldg., CIS H501–33, 1970).

手稿彙編及書畫

有關手稿及書畫的徵引至少應注明存放所在地點的城市名稱，及保存單位名稱，彙編名稱或編號，如果徵引某特別文獻，首先應注明該文獻之名稱，並附記有關應注明之事項。如果文獻有標題，則應加引號；如果僅有一般性的名稱，如日記、信件、電報、回憶錄、書畫稿等，則不用書名號或引號。

例：Gen Joseph C. Castner, "Report to the War Department, 17 January 1927," Modern Military Records Division, Record Group 94, National Archives, Washington, D. C.

Washington, D. C., National Archives, Modern Military Records

Division, Record Group 94.

Stanley K. Hornbeck, Memorandum on Clarence Gauss, 8 May 1942, Hornbeck Papers, File "Gauss," Hoover Library, Stanford, California.

Frank Vanderlip to Robert Lansing, 2 September 1915, Frank Vanderlip Papers, Columbia University Library, New York.

各種未刊及資料之徵引

由於各種原稿資料之類別不同，徵引時需以不同的格式來表示。如果被徵引之資料有標題，則標題應加引號，並置於作者或贊助機關名稱之後。如果是描述性的名稱，則不必加引號。隨著資料名稱之後，應儘可能注明徵引之資料在整個資料中之所在，如在第×頁，以便於讀者尋找所徵引資料之出處。

例：顧維鈞，私函。

孫科，×年×月×日致×××函。

行政院第×次院會紀錄，×年×月×日。

蔣經國，「矢勤矢勇，毋怠毋忽」，1975年9月23日對立法院施政報告口頭補充部分。

黃爾璇，「日本行政發展之研究，1868—1968年」，上冊（國立政治大學文學研究所博士論文，1974年7月），頁23。

虞亦言，「政壇憶舊錄」，未刊私人傳記，1934年，頁5—12。

John Blank, personal letter.

Alan Cranston, California State Controller, to Maurice Sexton, Sacramento, 22 October 1962, Personal Files of Maurice Sexton, Modesto, California.

Morristown (Kansas) Orphan's Home, Minutes of Meetings of the Board of Managers, Meeting of 6 May 1930.

Sidney E. Mead, "Some Eternal Greatness," sermon preached at the Rockefeller Chapel, University of Chicago, 31 July 1960.

O. C. Phillips, Jr., "The Influence of Ovid on Lucan's *Bellum civile,*" (Ph. D. Dissertation, University of Chicago, 1962) p. 14.

訪問紀錄

徵引訪問紀錄時應包括被訪問人之姓名或團體名稱，時間及地點。

例：張群，答美國合眾國際社記者問，1975 年 9 月 17 日。

A. A. Wyler, interview held during meeting of the American Astronomical Society, Pasadena, California, June 1964.

Farmers' State Bank, Barrett, Nebraska, interviews with a selected list of depositors, August 1960.

引用法律

徵引法律文件的形式異於徵引其他文件，注釋首要以精確為原則。

例：參閱《鐵路法》第 61 條，《土地法》第 236 條，《警械使用條例》第 9 條。

如《中華人民共和國義務教育法》第 6 條第 1 項規定：國務院和縣級以上地方人民政府應當合理配置教育資源，促進義務教育均衡發展，改善薄弱學校的辦學條件，並採取措施，保障農村地區、民族地區實施義務教育，保障家庭經濟困難的和殘疾的適齡兒童、少年接受義務教育。

如《中華人民共和國教育法》第 18 條：國家實行九年制義務教育制度。各級人民政府採取各種措施保障適齡兒童、少年就學。適齡兒童、少年的父母或者其他監護人以及有關社會組織和個人有義務使適齡兒童、少年接受並完成規定年限的義務教育。

《縣組織法》第 3、12 等條，為有關縣自治之規定，第 9、28、30、39、40、47、48、52 等條，均為有關縣以下單位自治之規定。

司法院 35 年院解字第 3249 號解釋：「醫業為公務員服務法第 14 條所稱之業務，公務員雖在公餘時間，亦不得兼任。」41 年釋字第六號解釋：「公務員對於新聞紙類及雜誌之發行人、編輯人，除法令別有規定外，不得兼任。」

行政法院23年利字第10號判決：「行政官署以行政權劃分縣界，並不得謂為對人民之處分，自無由人民提起訴願之餘地。」

King v. Order of United Commercial Travellers, 333 U. S. 153, 68 Sup. Ct. 488, 92 L. Ed. 608 (1948).

Collector v. Day, 11 Wall. (U. S.), 113 (1870).

Ex parte Mahone, 30 Ala. 49 (1847).

How v. State, 9 Mo. 690 (1846).

Leary v. Friedenthal, 299 S. W. 2d 563 (Mo. Ct. App. 1957).

Morse v. Kieran, 3 Rawle 325 (Pa. 1832).

United States v. Eldridge, 302 F. 2d 463 (4th Cir. 1962).

Comber v. Jones, 3 Bos. & Pull. 114, 127 Eng. Rep. 62 (C. P. 1802).

Fyfe v. Garden [1946], 1 All E. R. 366 (H. L.).

Lemon v. Lardeur [1947], 2 All E. R. 329 (C. A. 1946).

U. S. Const. art. I, sec. 5.

U. S. Const. amend. XIV, sec. 2.

Ill. Const. art. 5, sec. 2.

N. Y. Const. art. 2, sec. 6 (1894).

H. R. 11818, 89th Cong., 1st sess., sec. 301 (a) (1965).

S. Res. 218, 83d Cong., 2d sess. (1954).

S. Con. Res. 21, 83d Cong., 2d sess., 100, Cong. Rec. 2929 (1954).

Clayton Act, 64 Stat. 1125 (1950).

Labor Management Relations Act (Taft-Hartley Act), sec. 301 (a), 61 Stat. 156 (1947), 29 U. S. C., sec. 185 (a) (1952). [References to the *U. S. Code* are always to sections, not pages.]

Act of July 23, 1947, ch. 302, 61 Stat. 413. Corporate Securities Law, Cal. Corp. Code, secs. 25000–26104.

Companies Act, 1948, 19 & 20 George 5, ch. 38.

H. R. Rep. No. 871, 78th Cong., 1st sess., 49 (1943).

Federal Trade Comm'n, Report on Utility Corporations, S. Doc. No. 92, 70th Cong., 1st sess., pt. 71A (1935).

100 Cong. Rec. 8820 (1954) (remarks of Senator Blank). [This is a citation to the bound edition of the *Congressional Record*. The daily edition, which is differently paginated, must be indicated by day, month, and year.]

Hearings before the House Banking Committee on the Housing Act of 1949, 81st Cong., 1st sess., ser. 9, pt. 4 at 109 (1949).

2 Holdsworth, A History of English Law 278 (6th ed. 1938).

Young, The Contracting Out of Work 145 (Research Ser. No. 1, Queen's University Industrial Centre, 1964).

Black, Law Dictionary 85 (4th ed. 1951). [This work is entitled *Black's Law Dictionary*.]

U. S., Comptroller of the Currency, Annual Report, 1935 (1936). [The title of the work is *Annual Report of the Comptroller of the Currency, 1935*.]

Hutcheson, "A Case for Three Judges," 48 Harv. L. Rev. 795 (1934).

4 Bentham, "Panopticon," Works 122–24 (1893). 2 P-H 1966 Fed. Tax Serv. par. 10182.

再次參考

若所徵引之書刊在第一次提及時已注明完整之書目資料，則在緊接著的注釋中再行徵引時，可用簡略的方式，即以「同上」代替，英文資料以「Ibid.」代替。

緊接之注釋中，所徵引之書刊相同，只是頁數不一時，則需加頁數。

例：〔注一〕劉英柏，《校勘應用學》（臺北：中國文化學院印刷系，1973 年），頁 48。

〔注二〕同上。

〔注三〕同上，頁 67。

[1]Max Plowman, *An Introduction to the Study of Blake* (London:

Gollancz, 1952), p. 32. [A first, and therefore complete, reference to the work.]

[2]Ibid.

[With no intervening reference, a second mention of the same page of Plowman's work requires only "ibid." Notice that "ibid." is not underlined.]

[3]Ibid., p. 68.

[With no intervening reference since the last to Plowman's work, "ibid." is still correct, but here the reference is to a different page.]

「同上」是包括作者，書名，出版時、地以及頁數等之完全相同。作者相同，而徵引之書不同時，仍應注明全部書目資料，其作者項可以破折號代替，其他書目資料不得簡略。

例：〔注一〕錢穆，《史學導言》（臺北：中央日報社，1970 年），頁 27。

錯誤：

〔注二〕同上，《國史大綱》（上海：國立編譯館，1948 年），頁 41。

正確：

〔注二〕——，《國史大綱》（上海：國立編譯館，1948 年），頁 41。

[1]Arthur Waley, *The Analects of Confucius* (London: George Allen & Unwin, 1938), p. 33.

[2]Ibid., p. 38.

[1]Arthur Waley, *The Analects of Confucius* (London: George Allen & Unwin, 1938), p. 33.

Wrong:

[2]Ibid., *Chinese Poems* (London: George Allen & Unwin, 1946), p. 51.

[1]Arthur Waley, *The Analects of Confucius* (London: George Allen & Unwin, 1938), p. 33.

Right:

[2]Idem., *Chinese Poems* (London: George Allen & Unwin, 1946), p. 51.

[Repetition of the author's name would be equally correct; but, again, consistency is necessary. Note that "idem" is a complete word, not an abbreviation, and is therefore not followed by a period.]

如果在注釋中接連兩個所徵引之資料在相隔甚多頁的不同頁碼上，則第二個注釋最好不用「同上」，而寫書名的縮稱，較為清楚，即便兩個注釋之間無其他資料阻隔亦同。

徵引中的書刊簡稱

在注釋中所徵引的資料，如在第一次徵引時已注明完整的書目資料，倘在同一論文中再度被徵引時（非緊接著），則有甲乙兩種方法處理。

方法甲：僅用作者的姓名及所徵引書刊資料名稱的簡稱。

在方法甲中，如所徵引為書籍，第二次徵引同一書時，可省去出版項，叢書名稱，版次及冊數的全部。

例：〔注一〕錢穆，《國史大綱》，2 冊（上海：國立編譯館，1948 年），1：47。

〔注九〕錢穆，《國史大綱》，2：49。

[1]Gabriel Marcel, *The Mystery of Being*, 2 vols. (Chicago: Henry Segnery Co., 1960), 1: 42.

[9]Marcel, *Mystery of Being*, 2: 98–99.

如果是一多部頭書，有一總名稱，而每一部書又另外有一單獨書名，則表示方式如下：

例：〔注二〕婁子匡編纂，《中國民俗志》，第 11 冊：《處州府志》，黃平重修（臺北：東方文化供應社，1970 年），頁 78。

〔注八〕黃平，《處州府志》，頁 181。

[2]Albert C. Baugh, ed., *A Literary History of England*, vol. 2: *The Renaissance 1500–1660* by Tucker Brooke (New York: Appleton-Century-Crofts, 1948), p. 104.

[8]Brooke, *Renaissance*, p. 130.

在方法甲中如所徵引為期刊中的一篇文章、一本書內的一章，或文選內的一篇文章、一篇詩等，在再次被徵引時，均可省去期刊、書或文選的名稱及冊數、年代，只需作者之姓名及所引資料名稱的簡稱及頁次。

方法甲的舉例：

〔注一〕鄔昆如，《存在主義論文集》（臺北：先知出版社，1975 年），頁 87。

〔注二〕———，《西洋哲學史》（臺北：正中書局，1971 年），頁 142。

〔注三〕〈評存在主義論文集〉，鄔昆如著，見《哲學與文化月刊》，1975 年 4 月 1 日，頁 59。

〔注四〕劉文潭，〈表現主義述評〉，《中華文化復興月刊》，6（1968 年 5 月）：88。

〔注五〕同上。

〔注六〕鄔昆如，《西哲史》，頁 148。

〔注七〕劉文潭，〈表現主義〉，頁 10。

[1]Max Plowman, *An Introduction to the Study of Blake* (London: Gollancz, 1952), pp. 58–59.

[2]Plowman, note in William Blake's *The Marriage of Heaven and Hell*, reproduced in facsimile from an original drawing (London: J. M. Dent & Sons, 1927), pp. ix–xii. [Reference to another work by Plowman the page numbers in small roman numerals are correct, since they are the style of numeral used in that part of the book containing Plowman's note.]

[3]Review of *An Introduction to the Study of Blake*, by Max Plowman, *Times Literary Supplement*, 8 June 1952, p. 12. [Reference to a popular magazine, which is identified by date alone.]

[4]Elspeth Longacre, "Blake's Conception of the Devil," *Studies in English* 90 (June 1937): 384. [This reference is to a scholarly journal, which is cited by both volume number and date.]

[5]Ibid. [The same as the reference immediately preceding.]

[6]Plowman, *Blake*, p. 125. [Reference to the first-noted work of Plowman, using the shortened title.]

[7]Longacre, "Blake's Devil," p. 381. [Another reference to Miss Longacre's journal article, using the shortened title. Other works having intervened since the complete reference in n. 4, "ibid." cannot be used.]

方法乙：除非會發生混淆，否則僅提作者之姓名並寫明頁數及冊數即可，但若在此之前已提及數本同一作者所寫之書時，則在作者姓名之外並應注明書名之簡稱。若作者是一個機關或公司時則一定要寫書名。

茲列舉方法乙的用法如後，俾便與方法甲作一比較：

〔注一〕鄔昆如，《存在主義論文集》（臺北：先知出版社，1975年），頁 87。

〔注二〕———，《西洋哲學史》（臺北：正中書局，1971 年），頁 142。

〔注三〕〈評存在主義論文集〉，鄔昆如著，見《哲學與文化月刊》，1975年4月1日，頁59。

〔注四〕劉文潭〈表現主義述評〉，《中華文化復興月刊》，6（1968年5月）：88。

〔注五〕同上。

〔注六〕鄔昆如，《哲學史》，頁148。〔按：因作者之書有兩本以上被提及，故要寫書名。〕

〔注七〕劉文潭，頁10。〔按：作者只有一書被提及，故可不用寫書名。〕

[1]Max Plowman, *An Introduction to the Study of Blake* (London: Gollancz, 1952), pp. 58–59.

[2]Idem, note in William Blake's *The Marriage of Heaven and Hell*, reproduced in facsimile from an original drawing (London: J. M. Dent & Sons, 1927), pp. ix–xii. [Reference to another work by Plowman. Here "idem" is used to repeat the author's name. With no intervening reference, this is permissible note the small roman numerals used for page numbers, necessary in this case because the book itself so numbers its preliminary pages.]

[3]Review of *An Introduction to the Study of Blake*, by Max Plowman, *Times Literary Supplement*, 8 June 1952, p. 12. [Reference to a popular weekly periodical identified by date alone.]

[4]Elspeth Longacre, "Blake's Conception of the Devil," *Studies in English* 90 (June 1937): 384–88. [Reference to a scholarly journal identified by both volume and date.]

[5]Ibid. [The same as the reference immediately preceding.]

[6]Plowman, *Blake*, p. 125. [Since two works by Plowman have already been introduced, the title, here given in shortened form, is necessary.]

[7]Longacre, p. 381.

[Another reference to Miss Longacre's article. Since only one work by her has been previously mentioned, the name and page number are sufficient under method B.]

書名之縮稱

通常二至五個字的書名不必用縮稱，若書名太長可以簡縮。

例：《中西比較哲學之問題》可簡縮為《比較哲學》

Perspectives in American Catholicism 可簡縮為 *American Catholicism*

簡縮冗長書名時，以擇用全書名內幾個主要的字為原則，原書名中有「……字典」、「……讀本」、「……索引」字樣均可省去。

例：《全國期刊目錄指南》可簡縮為《期刊目錄》

《滿文書籍聯合書目》可簡縮為《滿文書目》

A Guide to Rehabilitation of the Handicapped 可簡縮為 *Handicapped*

Bibliography of North American Folklore and Folksong 可簡縮為 *Folklore and Folksong*

有些字典、書目、索引之內容包含不同種類之資料如文學、傳記、歷史、文學上的論文、特寫、教育學會的報告及刊物，此時縮稱不能簡稱其中之一種，最好的方法是只寫總括性之字樣如「索引」即可。

簡稱的舉例：

全稱	簡稱
《孔子哲學對於世界可能的貢獻》	《孔子哲學》
《西洋哲學思想史》	《思想史》
《物質構造與質形論》	《物質構造》或《質形論》
《西洋神話故事選》	《神話》
〈表現主義述評〉	〈表現主義〉

The Rise of the Evangelical Conception of the Ministry in America	*Ministry in America*
Classification and Identification of Handwriting	*Handwriting*
The American Dream of Destiny and Democracy	*American Dream* or: *Destiny and Democracy*
Creation Legends of the Ancient Near East	*Creation Legends*
"Blake's Conception of the Devil"	"Blake's Devil"

原書名中，文字的順序在簡縮時不可顛倒，如《中國遠古與太平、印度兩洋的帆筏、戈船、方舟和樓船的研究》，不可以寫成《研究方舟》；*Creation Legends of the Ancient Near East*，不可寫成 *Near Eastern Legends*。

通常副標題中的文字不得用來做簡稱的書名。原則上有副標題的長書名，其主標題即順理成章地可用為縮稱。

例：《筏灣：一個排灣族部落的民族學田野調查報告》可縮稱為《筏灣》。

若簡稱容易引起混淆，可在第一次引用時，自作一簡稱並注明，以待後用。

無完整書目資料出版品之徵引

中文出版品，包括政府出版品，常有作者項、出版地項、出版者項或出版日期項等短缺之情況。徵引時，除儘可能設法求證予以補全外，可依上述中適當格式徵錄，其缺佚項目，可以「不詳」字樣填補適當位置。

例：陳誠，《八年抗戰經過概要》(〔南京：出版者不詳，1946 年？〕)。

解釋內容的注釋

解釋內容的注釋是將本文中所討論的論點做進一步的解釋及擴充，因此不單是注明資料的來源，更要解釋本文。在注明資料的來源時，通常一語帶過。至於對所引書名及出版項，究竟應該用完整的或用簡略的書目資料，須視以前是否已曾引用過而定，若已引用過，則可用縮稱。

例：〔注七〕關於沙特的存在主義哲學，可參看鄔昆如，《存在主義》，頁 76。

〔注八〕關於重要外文參考書可參看沈寶環編，《西文參考書指南》(臺中：東海大學，1966 年)。

[1]Detailed evidence of the great in crease in the array of goods and services bought as income increases is shown in S. J. Prais and H. S. Houthaker. *The Analysis of Family Budgets* (Cambridge: Cambridge University Press, 1955), table 5, p. 52.

[2]Ernst Cassirer takes important notice of this in *Language and Myth* (pp. 59–62). And offers a searching analysis of man's regard for things on which his power of inspirited action may crucially depend. [Since the work has already been cited in full form, page reference only is required.]

[3]In 1962 the premium income received by all voluntary health insurance organizations in the United States was $9.3 billion, while benefits paid out were $7.1 billion. Health the Insurance Institute, *Source Book of Health Insurance Data* (New York: The Institute, 1963), pp. 36, 46.

[4]Professor D. T. Suzuki brings this out with great clarity in his discussion of "stopping" and "no-mindedness"; see, e. g., his

chapter entitled "Swordsmanship" in *Zen Buddhism and Its Influence on Japanese Culture* (Kyoto: Eastern Buddhist Society, 1938).

參引注釋

作者在引文中為避免重複或提醒讀者，偶而需要指引讀者參考論文中其他部分的資料，此時便需要在注釋中注明頁次或論文中有關之注釋的號碼、段落等。做此等參引時，為更清楚起見，需要寫「見前」和「見後」以表示是在同一篇論文內，而不是在其他書中。

在參引注釋中經常會用「見」、「詳見」、「see」等字眼，「參見」或「cf.」則有比較的意思，而不能完全代表「見」的意思。

例：〔注三〕有關此一問題之詳細討論可參見頁 31－35。

[1]For a detailed discussion of this matter see pp. 31–35 below.

網路資料的引注

由於電腦科技時代的來臨，已有眾多學術性的期刊或學報，除了使用傳統的紙本印刷外，也將作品刊登在網際網路 (Internet) 上，以供研究者查詢、閱覽及下載。而在論文引用這些資料時，其注釋方式與一般紙本資料的寫法是大同小異的：包括作者姓名、文章名稱、出處、期別、卷別、出版日期等資料，在網路上取得的資料亦同樣需詳列上述各項；有學者已將網路文獻引用寫作格式加以探討整理（可參APA、MLA），此處僅列述最常使用的基本格式如下：

作者姓名（出版日期），〈篇名（或標題）〉，資料來源（《電子資料庫或電子期刊名稱》，期別／卷別），網路路徑及位址及檢索閱覽日期 (Retrieved Date)。

例：

（期刊）Franco Modigliani and Merton Miller (June, 1958). “The Cost of Capital, Corporation Finance and the Theory of Investment.” *The American Economic Review*. Vol. 48, No. 3. Retrieved from the World Wide Web: http://www.jstor.org/discover/10.2307/1809766?uid=3739216&uid=2&uid=4&sid=21103549522341 (March 18, 2014).

（媒體）杜尚澤、李永群（2014 年 3 月 24 日），〈習近平會見美國總統奧巴馬〉，《人民網》，取自：http://paper.people.com.cn/rmrb/html/2014-03/25/nw.D110000renmrb_20140325_1-01.htm（2014 年 3 月 25 日）。

（部落格，blog）楊照（2013 年 8 月），〈以「文創」精神開發電影〉，《楊照部落格》，取自：http://blog.xuite.net/mclee632008/twblog/102817424（2014 年 3 月 15 日）。

而資料若為 PDF 等類型的檔案，並有編碼者，則需加注頁別；如出現資料來源不完整時，像作者姓名不詳，就以文章名稱直接替代，無法獲知文獻上傳（出版）日期者，則直接註明無日期，英文用 n. d. 表示，或若資料來源不詳，則就直接寫上路徑位址即可。

例：〈中國共產黨總書記胡錦濤與親民黨主席宋楚瑜會談公報〉（2005 年 5 月 12 日），《新華網》，取自：http://big5.xinhuanet.com/gate/big5/news.xinhuanet.com/newscenter/2005-05/12/content_2950862.htm（2014 年 3 月 22 日）。

邱宏仁（無日期），〈解析臺商之併購策略與實務〉，《臺灣外貿協會官網》，取自：http://www.investintaiwan.org.tw/invest/gpa01/c_4.htm（2014 年 3 月 16 日）。

Madden T. F. (2002). “The Real History of the Crusades.” Retrieved from the World Wide Web: http://www.freerepublic.com/focus/f-news/1539361/posts (March 15, 2014).

網路取得的文獻資料在引注時，為求嚴謹，宜特別載明檢索閱覽日期，此乃不同一般紙本文獻，除了上傳（出版）日期外，另一就是注明檢索日期，但有以下情況者，則可省略：光碟 (CD-ROM) 資料庫、定期出版的電子刊物等。還要提醒的是，由於網頁的內容可能會不斷地修正，有些資料的網址 (Address, URL) 甚至會有所調整變動，因此寫出檢索閱覽的日期有其必要，以利參佐；而在網路上所取得的資料，最好盡量選擇有公信力、具權威的機關團體設置的網站為來源，可以減少資料消失或移除，避免日後無處查尋之憾！

第十章　清繕完稿

論文到了完成的時期就要特別注意文字的修飾與形式的講求。全文應該先用自己的語句寫好，再仔細加以潤飾。在論文中修辭，是一件很重要的事，前面已經說過。至於形式與內容，普通一篇論文，通常可包括三個主要部分〔注一〕：

一、卷頭或序文

1.卷頭插圖

2.書名頁

3.空白頁

4.目次

5.附圖一覽表

6.附表一覽表

7.序言或前言

8.謝辭

9.簡稱用語對照表

二、正　文

1.引言

2.論文主體

3.跋或後語

〔注一〕詳請參閱宋楚瑜編著，《學術論文規範》（臺北：正中書局，1977年），第1章。

三、參考資料

1. 附錄
2. 其他參考資料
3. 書目
4. 索引

論文完成後，就要考慮謄清的工作。臺灣對於論文和研究報告的謄清方式，並無統一的規定，但應注意各校或論文指導教授有無特別要求或規定。一般說來，普通研究報告，若採手寫方式宜用單頁（25×10=250字）稿紙，使用單頁稿紙的好處是便於在中途寫錯時，換紙重抄，節省時間和精力；同時，以250字為單位，在計算時較為方便。至於博士、碩士論文，由於其學術價值較普通研究報告為高，為長期保存計，宜以白紙打字謄清。打字謄清時應注意以下幾點：

一、打　字

打字時應注意整齊、留空白等細節問題，以免因打字的疏忽而影響整個著作的完美性。

二、白　紙

打字列印所使用之白紙大小，依規定為210×297公厘（即A4），正式論文用紙應採用60磅至80磅之道林紙。

三、空格與空白

打字時應注意留置空格的規定和字體排列之整齊。每頁除了應預留裝訂線之空白外，從整個版面上來看，應在正文的四周留下一英寸的空白邊。此外每段文字的起首亦應空二格，標點符號亦應占寫一格。

四、注釋的打法

1. 正文與注釋間應有一條十個空格長的連續線，以分開正文和注釋，每一注釋第一行的行首應空一格，而與正文中每一段的行首齊頭。此外注釋每行的間隔應較正文為密。
2. 當注釋過長超出預計，無法為頁尾的空間所容納時，可將注釋分割，在後一頁打注釋的位置接著打完後，再打次一個注釋，不必在未打完的部分，加「續下頁」字樣。
3. 為了版面的美觀和避免浪費，一行中可放二個或二個以上完整的短注釋，但長注釋所剩餘的空間，不得用以打短注釋。
4. 當論文之一章節結尾一頁正文後，尚留有相當多的空白時，則其注釋可在畫線之後接著打。換言之，空白應留在注釋之後，而非正文與注釋之間。
5. 當注釋中含有一段引文，而引文中又有注釋時，則引文的注釋，可依照一般打注釋的格式來處理，放在引文之後，引文與其注釋之間，亦有一分畫線（其長度占五格），引文中之注釋編號應完全照舊。

五、書　目

在一個書目中，每一項目均應編號；同時書目之編者可隨意依書目中作者之姓名筆劃、出版年份或性質分類排組再編號。對某一本書或某一篇文章之評注，則應另起一行低一格開始寫。

六、頁碼編號

整篇論文除書名頁後的白紙頁外，每一頁都應編頁數。書名頁及半書名頁都應各算一頁並編號，但不寫出來。中式直排，頁碼寫在左下角——自底行往上數第六格的位置。西式橫排寫在頁底之中央位置。數碼在二位數以上者，只寫數字而省略位數。

七、目次表

論文的目次表，因各種不同論文的文體與所討論的主題，以及所包括的數量而有所不同。因此，有些目次表只需簡單列出章節，而另一些則還得包括緒論、附錄或書目在內，完全看論文的實際情況而定。所有章節或細目分類的標題，必須與本文中所使用之字眼完全一致。

八、主要部分啟用新頁

論文中每個主要部分，諸如序、目次、插圖一覽表、每一章的開始、書目、附錄等都需另起新頁。標題應置於新頁首行之中央，在每章的編號與標題之間空一格，如果標題過長，可以用倒金字塔形式，分兩行以上打字，但在每行之末端，不得加標點符號。然後在標題之後，空一行開始打正文。

此外，有關論文或報告格式的詳細規格，包括引文、表格、標點符號、數字寫法等，請參考宋楚瑜編著，《學術論文規範》（臺北：正中書局，1977 年）。

再者，如有可能，在論文發表之前，至少應請兩位專家將論文看一遍，一位是對本學科有研究的專家，請他看內容；另一位是對語文有研究的人，請他看看文字。如果經過這兩道手續，這篇論文在內容與文字上就會更妥貼了。

附錄一　圖書分類方法

目前在兩岸圖書館常見的圖書分類方法有：

1. 杜威十進位分類法（The Dewey Decimal Classification，簡稱 DDC）
2. 美國國會圖書館分類法（The Library of Congress Classification，簡稱 LCC）
3. 中文圖書分類法（原賴永祥編中國圖書分類法）
4. 中國圖書館分類法（大陸圖書館通行使用）

在美國大多數圖書館採用的分類法，不外杜威分類法及國會圖書館分類法。茲簡單介紹這四種分類法的性質。

一、杜威十進位分類法

杜威分類法係以十進位的數字作為基礎。在杜威以前之製作分類表者，都只知以英文字母作為分類標記，直至 1876 年杜威始發明以數字作為圖書分類標記。該法是將人類整個知識領域區分為九大類，另外再將一般性知識，譬如各種的百科全書、技術手冊、報章雜誌等算作第十類，而在排列順序上，卻將第十類排在其他九類前面，以 000 作為這一類的編號，每一大類中又各賦予一百個號碼。每一大類再分十個支類，每一支類各賦予十個號碼，每一支類下面又再被分成十個小項，以此類推。茲將杜威分類法第 23 版（2011 年 5 月修訂者）簡要題目列舉於後：

DEWEY DECIMAL CLASSIFICATION

23th Edition, 2011

000　COMPUTER, INFORMATION & GENERAL REFERENCE 電腦資訊及總類

010 Bibliography 目錄學

020 Library & Information Sciences 圖書館學與資訊科學

030 General Encyclopedic Works 普通百科全書

040 【Unassigned】未使用或已失效

050 General Serial Publications 一般期刊出版品

060 General Organizations & Museum Science 社團、組織和博物館

070 News Media, Journalism & Publishing 新聞媒體，新聞學，出版

080 General Collections 普通叢書

090 Manuscripts & Rare Books 手稿與珍本

100 PHILOSOPHY & PSYCHOLOGY 哲學及心理學

110 Metaphysics 形上學

120 Epistemology, Causation & Humankind 認識論，因果論及人類

130 Parapsychology, Occultism 超自然現象

140 Specific Philosophical Schools 特殊哲學學派

150 Psychology 心理學

160 Logic 理則學

170 Ethics 倫理學

180 Ancient, Medieval, Eastern Philosophy 古代，中古及東方哲學

190 Modern Western Philosophy 現代西方哲學

200 RELIGION 宗教

210 Philosophy & Theory of Religion 自然神學

220 Bible 聖經

230 Christianity & Christian Theology 基督教理論

240　Christian Moral & Devotional Theology 基督教道德與信仰神學

250　Christian Order & Local Church（基督教）神職與地方教會

260　Social & Ecclesiastical Theology（基督教）社會的與教會的神學

270　History of Christianity & Christian Church 基督教會歷史

280　Christian Denominations & Sects 基督教各教派

290　Other Religions 其他宗教

300　SOCIAL SCIENCES 社會科學

310　Collections of General Statistics 統計

320　Political Science 政治學

330　Economics 經濟

340　Law 法律

350　Public Administration & Military Science 公共行政和軍事科學

360　Social Pathology & Services; Associations 社會病理與社會服務；協會

370　Education 教育

380　Commerce, Communication & Transportation 商學，通訊及交通

390　Customs, Etiquette & Folklore 風俗，禮儀與民俗學

400　LANGUAGE 語言學

410　Linguistics 語言學

420　English & Old Languages 英語與古英語

430　Germanic Languages; German 日耳曼語；德語

440　Romance Languages ; French 羅曼語言；法語

450　Italian, Romanian & Related Languages 義大利語、羅馬尼亞語及相關語言

460 Spanish & Portuguese Languages 西班牙語與葡萄牙語

470 Italic Languages; Latin 義大利諸語言；拉丁語

480 Hellenic Languages; Classical Greek 希臘語；古典希臘語

490 Other Languages 其他語言

500 NATURAL SCIENCES AND MATHEMETICS 自然科學與數學

510 Mathematics 數學

520 Astronomy & Allied Sciences 天文學與有關科學

530 Physics 物理

540 Chemistry & Allied Sciences 化學與有關科學

550 Earth Sciences 地球科學

560 Paleontology; Paleozoology 古生物學；古動物學

570 Life Sciences; Biology 生命科學；生物學

580 Plants (Botany) 植物學

590 Animals (Zoology) 動物學

600 TECHNOLOGY 科技

610 Medicine & Health 醫學與健康

620 Engineering & Allied Operations 工程與相關作業

630 Agriculture & Related Technologies 農學與相關技術

640 Home & Family Management 家政與家庭管理

650 Management & Auxiliary Services 管理科學

660 Chemical Engineering 化學工程

670 Manufacturing 製造業

680 Manufacture for Specific Uses 特殊用途的製造

690 Buildings 營造

700 THE ARTS; FINE & DECORATIVE ARTS 藝術、美術及裝置藝術

710 Civic & Landscape Art 城市與景觀藝術

720 Architecture 建築

730 Plastic Arts; Sculpture 雕塑藝術；雕塑

740 Drawing & Decorative Arts 描畫與裝飾藝術

750 Painting & Paintings 繪畫及其作品

760 Graphic Arts; Pringmaking & Prints 圖案藝術；版畫及印刷

770 Photography; Photographs & Computer Art 攝影藝術與作品；電腦藝術

780 Music 音樂

790 Recreational & Performaing Arts 遊藝

800 LITERATURE & RHETORIC 文學

810 American Literature in English 美國文學

820 English & Old English Literatures 英國文學與古英國文學

830 Literatures of Germanic Languages 日耳曼語文學

840 Literatures of Romance Languages 羅曼語言文學

850 Italian, Romanian & Related Literatures 義大利語、羅馬尼亞語及相關語系的文學

860 Spanish & Portuguese Literatures 西班牙與葡萄牙文學

870 Italic Literatures; Latin Literatures 義大利文學；拉丁文學

880 Hellenic Literatures; Classical Greek 希臘文學；古希臘文學

890 Literatures of Other Languages 其他語言文學

900 HISTORY & GEOGRAPHY 歷史及地理學

910 Geography & Travel 地理與遊記

920 Biography, Genealogy, Insignia 傳記，系譜，紋章

930 History of Ancient World to CA. 499 古代史

940 History of Europe 歐洲史

950 History of Asia; Far East 亞洲史；遠東史

960 History of Africa 非洲史

970 History of North America 北美洲史

980 History of South America 南美洲史

990 History of Other Areas 其他地區史

二、美國國會圖書館分類法

國會圖書館分類法，原為美國國會圖書館中浩瀚藏書實施重新分類而設計出來，後來這種分類法逐漸被許多藏書量多的圖書館所採用。另外由於國會圖書館編完書後，其編目卡也印刷出售，使得許多圖書館往往連書帶卡一併採用。

這一分類法是將人類知識領域區分成 21 個大類 (Main Group)，每一大類賦予一個英文字母，然後再用阿拉伯數字及附加的字母，將每一大類再往下區分為若干支類 (Division) 及小支類 (Subdivision)，就像杜威十進位法所使用的方法一樣，每一類的細分按照以下七種次序：1.總類——包括雜誌、會社、叢書、辭典等；2.哲理；3.歷史；4.概論；5.法規；6.教與學；7.特論。其中第七項是按學理分類，由簡而繁，由小而大。以下所列就是以國會圖書館分類法中所編定大類的名稱。

LIBRARY OF CONGRESS CLASSIFICATION

A GENERAL WORKS 總部

AC	Collections. Series. Collected Works 總集、叢書、別集
AE	Encyclopedias 百科全書
AG	Dictionaries and Other General Reference Works 字典和一般參考書
AI	Indexes 索引
AM	Museums. Collectors and Collecting 博物館、收藏者與收藏品
AN	Newspapers 報紙
AP	Periodicals 期刊
AS	Academies and Learned Societies 學會
AY	Yearbooks. Almanacs. Directories 年鑑、曆書、名錄
AZ	History of Scholarship and Learning. The Humanities 學術史、人文科學

B PHILOSOPHY. PSYCHOLOGY. RELIGION 哲學、心理學、宗教

B	Philosophy (General) 哲學總論
BC	Logic 邏輯
BD	Speculative Philosophy 思辨哲學
BF	Psychology 心理學
BH	Aesthetics 美學
BJ	Ethics 倫理學
BL	Religions. Mythology. Rationalism 宗教、神話、理性主義
BM	Judaism 猶太教
BP	Islam. Bahaism. Theosophy, etc. 伊斯蘭教、通神學等

BQ Buddhism 佛教

BR Christianity 基督教

BS The Bible 聖經

BT Doctrinal Theology 教義學

BV Practical Theology 實踐神學

BX Christian Denominations 基督教教派

C AUXILIARY SCIENCES OF HISTORY 歷史學及相關科學

C Auxiliary Sciences of History (General) 歷史學和相關科學總論

CB History of Civilization 文明史

CC Archaeology 考古學

CD Diplomatics. Archives. Seals 外交學、檔案學、印章學

CE Technical Chronology. Calendar 年表、曆書

CJ Numismatics 古錢學

CN Inscriptions. Epigraphy 碑銘、金石學

CR Heraldry 紋章學

CS Genealogy 系譜學

CT Biography 傳記

D WORLD HISTORY AND HISTORY OF EUROPE,ASIA, AFRICA, AUSTRALIA, NEW ZEALAND, ETC. 世界史與歐、亞、非、大洋洲等史

D History (General) 歷史總論

DA Great Britain 英國

DAW Central Europe 中歐

DB Austria–Liechtenstein–Hungary–Czechoslovakia 奧地利－列支敦士登－匈牙利－捷克

DC France–Andorra–Monaco 法國－安道爾公國－摩納哥

DD Germany 德國

DE Greco–Roman World 希臘－羅馬世界

DF Greece 希臘

DG Italy–Malta 義大利－馬爾他

DH Low Countries–Benelux Countries 低地國家－荷比盧

DJ Netherlands (Holland) 荷蘭

DJK Eastern Europe (General) 東歐總論

DK Russia. Soviet Union. Former Soviet Republics–Poland 俄羅斯、蘇聯、前蘇聯共和國－波蘭

DL Northern Europe. Scandinavia 北歐、斯堪地納維亞各國

DP Spain–Portugal 西班牙－葡萄牙

DQ Switzerland 瑞士

DR Balkan Peninsula 巴爾幹半島

DS Asia 亞洲史

DT Africa 非洲史

DU Oceania (South Seas) 大洋洲史

DX Romanies 吉普賽人

E-F HISTORY OF THE AMERICAS 美洲史

G GEOGRAPHY. ANTHROPOLOGY. RECREATION 地理、人類學、娛樂

G Geography (General). Atlases. Maps 地理學總論、地圖集、地圖

GA Mathematical Geography. Cartography 數學地理、製圖法

GB Physical Geography 自然地理

GC Oceanography 海洋論

GE Environmental Sciences 環境科學

GF Human Ecology. Anthropogeography 人類生態學、人文地理學

GN Anthropology 人類學

GR Folklore 民俗學

GT Manners and Customs (General) 一般風俗和習慣

GV Recreation. Leisure 娛樂、休閒

H SOCIAL SCIENCES 社會科學

H Social Sciences (General) 社會科學總論

HA Statistics 統計學

HB Economic Theory. Demography 經濟理論、人口統計學

HC Economic History and Conditions 經濟史和經濟狀況

HD Industries. Land Use. Labor 工業、土地使用、勞動經濟

HE Transportation and Communications 運輸與通信

HF Commerce 商業

HG Finance 金融

HJ Public Finance 公共財政

HM Sociology (General) 社會學總論

HN Social History and Conditions. Social Problems. Social Reform 社會史和社會狀況、社會問題、社會改革

HQ The Family. Marriage. Women 家庭、婚姻、婦女

HS Societies: Secret, Benevolent, etc. 社會團體、秘密會社、慈善機構等

HT Communities. Classes. Races 社團、階級、種族

HV Social Pathology. Social and Public Welfare. Criminology 社會病理學、社會福利、犯罪學

HX Socialism. Communism. Anarchism 社會主義、共產主義、無政府主義

J POLITICAL SCIENCE 政治科學

J General Legislative and Executive Papers 一般立法和行政公報

JA Political Science (General) 政治學總論

JC Political Theory 政治理論

JF Political Institutions and Public Administration 政治制度和公共行政

JJ Political Institutions and Public Administration (North America) 北美政治制度和公共行政

JK Political Institutions and Public Administration (United States) 美國政治制度和公共行政

JL Political Institutions and Public Administration (Canada, Latin America, etc.) 加拿大、拉丁美洲等政治制度和公共行政

JN Political Institutions and Public Administration (Europe) 歐洲政治制度和公共行政

JQ Political Institutions and Public Administration (Asia, Africa, Australia, Pacific Area, etc.) 亞洲、非洲、澳洲、大洋洲等政治制度和公共行政

JS Local Government. Municipal Government 地方政府、城市政府

JV Colonies and Colonization. Emigration and Immigration.

International Migration 殖民地與殖民政策、移出與遷人

JX International Law, see JZ and KZ 國際法，見 JZ 和 KZ

JZ International Relations 國際關係

K LAW 法律

K Law in General. Comparative and Uniform Law. Jurisprudence 法律總論、比較法和統一法、法學

KB Religious Law in General. Comparative Religious Law. Jurisprudence 宗教法總論、比較宗教法、法學

KBM Jewish Law 猶太法

KBP Islamic Law 伊斯蘭法

KBR History of Canon Law 教會法歷史

KBU Law of the Roman Catholic Church. The Holy See 羅馬天主教法、聖經

KD-KDK United Kingdom and Ireland 英國及愛爾蘭

KDZ America. North America 美洲、北美洲

KE Canada 加拿大

KF United States 美國

KG Latin America–Mexico and Central America–West Indies. Caribbean area 拉丁美洲－墨西哥和中美洲－西印度群島、加勒比區

KH South America 南美洲

KJ-KKZ Europe 歐洲

KL-KWX Asia and Eurasia, Africa, Pacific Area, and Antarctica 亞洲和歐亞地區、非洲、太平洋地區和南極洲

KZ Law of Nations 國家法律

L　EDUCATION 教育

L　Education (General) 教育總論

LA　History of Education 教育史

LB　Theory and Practice of Education 教育理論與實務

LC　Special Aspects of Education 教育的特殊方面

LD　Individual Institutions–United States 教育機構：美國

LE　Individual Institutions–America (except United States) 教育機構：美國以外美洲國家

LF　Individual Institutions–Europe 教育機構：歐洲

LG　Individual Institutions–Asia, Africa, Indian Ocean Islands, Australia, New Zealand, Pacific Islands 教育機構：亞洲、非洲、印度洋島嶼、澳洲、紐西蘭、太平洋島嶼

LH　College and School Magazines and Papers 大學與學校雜誌和報紙

LJ　Student Fraternities and Societies, United States 美國學生組織和社團

LT　Textbooks 教科書

M　MUSIC 音樂

M　Music 音樂

ML　Literature on Music 音樂文獻

MT　Instruction and Study 音樂教學

N　FINE ARTS 美術

N　Visual Arts 視覺藝術

NA Architecture 建築

NB Sculpture 雕塑

NC Drawing. Design. Illustration 繪畫、設計、插圖

ND Painting 繪畫

NE Print Media 印刷媒體

NK Decorative Arts 裝飾藝術

NX Arts in General 藝術總論

P LANGUAGE AND LITERATURE 語言和文學

P Philology. Linguistics 語言學、文字學

PA Greek Language and Literature. Latin Language and Literature 希臘語言與文學、拉丁語言與文學

PB Modern Languages. Celtic Languages 現代語言學、凱爾特語言

PC Romance Languages 羅曼語言

PD Germanic Languages. Scandinavian Languages 日耳曼語言、斯堪地納維亞語言

PE English Language 英語

PF West Germanic Languages 西日耳曼語言

PG Slavic Languages. Baltic Languages. Albanian Language 斯拉夫語言、波羅地語、阿爾巴尼語

PH Uralic Languages. Basque Language 馬拉爾語、巴斯克語

PJ Oriental Languages and Literatures 東方語言及文學

PK Indo-Iranian Languages and Literatures 印度伊朗語言語文學

PL Languages and Literatures of Eastern Asia, Africa, Oceania 東亞、非洲和大洋洲語言與文學

PM Hyperborean, Indian, and Artificial Languages 北極、印地安和人工語言

PN Literature (General) 文學總論

PQ French Literature–Italian Literature–Spanish Literature–Portuguese Literature 法語文學－義大利語文學－西班牙語文學－葡萄牙語文學

PR English Literature 英國文學

PS American Literature 美國文學

PT German Literature–Dutch Literature–Flemish Literature since 1830–Afrikaans Literature–Scandinavian Literature–Old Norse Literature: Old Icelandic and Old Norwegian–Modern Icelandic Literature–Faroese Literature–Danish Literature–Norwegian Literature–Swedish Literature 德語文學－荷蘭文學－1830 年以來的法蘭德斯語文學－南非語文學－斯堪地納維亞語文學－古挪威語文學－古冰島語和挪威語－現代冰島語文學－法羅語文學－丹麥文學－挪威文學－瑞典文學

PZ Fiction and Juvenile Belles Lettres 小說與青少年文學

Q SCIENCE 科學

Q Science (General) 科學總論

QA Mathematics 數學

QB Astronomy 天文學

QC Physics 物理學

QD Chemistry 化學

QE Geology 地質學

QH Natural History-Biology 自然歷史－生物學

QK Botany 植物學

QL Zoology 動物學

QM Human Anatomy 人體解剖學

QP Physiology 生理學

QR Microbiology 微生物學

R MEDICINE 醫學

R Medicine (General) 醫學總論

RA Public Aspects of Medicine 公共醫學

RB Pathology 病理學

RC Internal Medicine 內科醫學

RD Surgery 外科學

RE Ophthalmology 眼科學

RF Otorhinolaryngology 耳鼻喉科學

RG Gynecology and Obstetrics 婦產科學

RJ Pediatrics 小兒科學

RK Dentistry 牙科學

RL Dermatology 皮膚科學

RM Therapeutics. Pharmacology 治療術、藥理學

RS Pharmacy and Materia Medica 藥學和藥物

RT Nursing 護理學

RV Botanic, Thomsonian, and Eclectic Medicine 草本藥學、湯森氏醫學、電子醫學

RX Homeopathy 順勢療法

RZ Other Systems of Medicine 其他醫學系統

S AGRICULTURE 農業

S Agriculture (General) 農業總論

SB Plant Culture 植物栽培

SD Forestry 林業

SF Animal Culture 畜牧文化

SH Aquaculture. Fisheries. Angling 水產養殖、漁業、釣魚

SK Hunting Sports 狩獵運動

T TECHNOLOGY 工藝

T Technology (General) 工藝總論

TA Engineering (General). Civil Engineering 工程總論、土木工程

TC Hydraulic Engineering. Ocean Engineering 水利工程、海洋工程

TD Environmental Technology. Sanitary Engineering 環境工程、衛生工程

TE Highway Engineering. Roads and Pavements 高速公路、道路和街道工程

TF Railroad Engineering and Operation 鐵路工程和營運

TG Bridge Engineering 橋樑工程

TH Building Construction 營造

TJ Mechanical Engineering and Machinery 機械工程與設備製造

TK Electrical Engineering. Electronics. Nuclear Engineering 電機工程、電子、核子工程

TL Motor Vehicles. Aeronautics. Astronautics 自動車、航空學、太空學

TN Mining Engineering. Metallurgy 採礦工程、礦冶

TP Chemical Technology 化學技術

TR Photography 攝影學

TS Manufactures 製造

TT Handicrafts. Arts and Crafts 手工藝

TX Home Economics 家政

U MILITARY SCIENCE 軍事科學

U Military Science (General) 軍事科學總論

UA Armies: Organization, Distribution, Military Situation 軍事：組織、分布、軍事狀況

UB Military Administration 軍事行政

UC Maintenance and Transportation 補給和運輸

UD Infantry 步兵

UE Cavalry. Armor 騎兵、裝甲部隊

UF Artillery 砲兵

UG Military Engineering. Air Forces 軍事工程、空軍

UH Other Services 其他勤務

V NAVAL SCIENCE 海軍科學

V Naval Science (General) 海軍科學總論

VA Navies: Organization, Distribution, Naval Situation 海軍：組織、分布、海軍狀況

VB Naval Administration 海軍行政

VC Naval Maintenance 海軍補給

VD Naval Seamen 海軍水手

VE Marines 艦隊

VF Naval Ordnance 海軍軍械

VG Minor Services of Navies 海軍其他勤務

VK Navigation. Merchant Marine 航海、商船

VM Naval Architecture. Shipbuilding. Marine Engineering 海軍建築、建船、海軍工程

Z BIBLIOGRAPHY. LIBRARY SCIENCE. INFORMATION RESOURCES (GENERAL) 目錄學、圖書館學、資訊資源

Z Books (General). Writing. Paleography. Book Industries and Trade. Libraries. Bibliography 圖書總論、寫作、善本書、圖書製造和販售、圖書館、目錄學

ZA Information Resources (General) 資訊資源總論

三、中文圖書分類法

即中國圖書分類法，原係由賴永祥先生編訂，普及於臺灣、香港與澳門。於增訂 8 版後，其將版權捐贈國家圖書館，2007 年由國家圖書館完成新版修訂（增訂 9 版），更名為「中文圖書分類法」，並將原史地類分為中國史地及世界史地二大類，共計十類，內容如下：

簡 表

Outline of the Classification Tables

總 類 **Generalities**

000 特藏	Special Collections
010 目錄學；文獻學	Bibliography；Literacy (Documentation)
020 圖書資訊學；檔案學	Library and Information Science ； Archive Management
030 國學	Sinology
040 普通類書；普通百科全書	General Encyclopedia
050 連續性出版品；期刊	Serial Publications；Periodicals
060 普通會社；博物館學	General Organization；Museology
070 普通論叢	General Collected Essays
080 普通叢書	General Series
090 群經	Collected Chinese Classics

哲學類	**Philosophy**
100 哲學總論	Philosophy：General
110 思想；學術	Thought；Learning
120 中國哲學	Chinese Philosophy
130 東方哲學	Oriental Philosophy
140 西洋哲學	Western Philosophy
150 邏輯學	Logic
160 形上學	Metaphysics
170 心理學	Psychology
180 美學	Esthetics
190 倫理學	Ethics

宗教類	**Religion**

200 宗教總論	Religion：General
210 宗教學	Science of Religion
220 佛教	Buddhism
230 道教	Taoism
240 基督教	Christianity
250 伊斯蘭教	Islam (Mohammedanism)
260 猶太教	Judaism
270 其他宗教	Other Religions
280 神話	Mythology
290 術數；迷信	Astrology；Superstition

科學類	**Sciences**
300 科學總論	Sciences：General
310 數學	Mathematics
320 天文學	Astronomy
330 物理學	Physics
340 化學	Chemistry
350 地球科學；地質學	Earth Science；Geology
360 生物科學	Biological Science
370 植物學	Botany
380 動物學	Zoology
390 人類學	Anthropology

應用科學類	**Applied Sciences**
400 應用科學總論	Applied Sciences：General

410 醫藥	Medical Sciences
420 家政	Home Economics
430 農業	Agriculture
440 工程	Engineering
450 礦冶	Mining and Metallurgy
460 化學工程	Chemical Engineering
470 製造	Manufacture
480 商業：各種營業	Commerce：Various Business
490 商業：經營學	Commerce：Administration and Management

社會科學類 **Social Sciences**

500 社會科學總論	Social Sciences：General
510 統計	Statistics
520 教育	Education
530 禮俗	Rite and Custom
540 社會學	Sociology
550 經濟	Economy
560 財政	Finance
570 政治	Political Science
580 法律	Law；Jurisprudence
590 軍事	Military Science

史地類 **History and Geography**

600 史地總論	History and Geography：General

中國史地	**History and Geography of China**
610 中國通史	General History of China
620 中國斷代史	Chinese History by Period
630 中國文化史	History of Chinese Civilization
640 中國外交史	Diplomatic History of China
650 中國史料	Historical Sources
660 中國地理	Geography of China
670 中國地方志	Local History
680 中國地理類志	Topicla Topography
690 中國遊記	Chinese Travels
世界史地	**World History and Geography**
710 世界史地	World：General History and Geography
720 海洋志	Oceans and Seas
730 亞洲史地	Asia History and Geography
740 歐洲史地	Europe History and Geography
750 美洲史地	Americas History and Geography
760 非洲史地	Africa History and Geography
770 大洋洲史地	Oceania History and Geography
780 傳記	Biography
790 文物考古	Antiquities and Archaeology
語言文學類	**Linguistics and Literature**
800 語言學總論	Linguistics：General

810 文學總論	Literature：General
820 中國文學	Chinese Literature
830 中國文學總集	Chinese Literature：General Collections
840 中國文學別集	Chinese Literature：Indivisual Works
850 中國各種文學	Various Chinese Literature
860 東方文學	Oriental Literature
870 西洋文學	Western Literature
880 其他各國文學	Other Countries Literatures
890 新聞學	Journalism
藝術類	**Arts**
900 藝術總論	Arts：General
910 音樂	Music
920 建築藝術	Architecture
930 雕塑	Sculpture
940 繪畫；書法	Drawing and Painting；Calligraphy
950 攝影；電腦藝術	Photography；Computer Art
960 應用美術	Decorative Arts
970 技藝	Arts and Crafts
980 戲劇	Theatre
990 遊藝及休閒活動	Recreation and Leisure

四、中國圖書館分類法

原名「中國圖書館圖書分類法」，於 1997 年 1 月 17 日正式更名「中國圖書館分類法」。為目前大陸通行的圖書分類法，共分 21 大類，以英文字母排序，2010 年 8 月發行第 5 版。所編列的分類資料列舉如下：

簡　表

A　馬克思主義、列寧主義、毛澤東思想、鄧小平理論

A1	馬克思、恩格斯著作
A2	列寧著作
A3	史達林著作
A4	毛澤東著作
A49	鄧小平著作
A5	馬克思、恩格斯、列寧、史達林、毛澤東、鄧小平著作彙編
A7	馬克思、恩格斯、列寧、史達林、毛澤東、鄧小平生平和傳記
A8	馬克思主義、列寧主義、毛澤東思想、鄧小平理論的學習和研究

B　哲學、宗教

B0	哲學理論
B1	世界哲學
B2	中國哲學
B3	亞洲哲學
B4	非洲哲學
B5	歐洲哲學
B6	大洋洲哲學
B7	美洲哲學
B80	思維科學
B81	邏輯學（論理學）

B82　　倫理學（道德學）

B83　　美學

B84　　心理學

B9　　宗教

C　社會科學總論

C0　　社會科學理論與方法論

C1　　社會科學概況、現狀、進展

C2　　社會科學機構、團體、會議

C3　　社會科學研究方法

C4　　社會科學教育與普及

C5　　社會科學叢書、文集、連續性出版物

C6　　社會科學參考工具書

[C7]　　社會科學文獻檢索工具書

C79　　非書資料、視聽資料

C8　　統計學

C91　　社會學

C92　　人口學

C93　　管理學

[C94]　　系統科學

C95　　民族學

C96　　人才學

C97　　勞動科學

D　政治、法律

D0	政治學、政治理論
D1	國際共產主義運動
D2	中國共產黨
D33/37	各國共產黨
D4	工人、農民、青年、婦女運動與組織
D5	世界政治
D6	中國政治
D73/77	各國政治
D8	外交、國際關係
D9	法律

E 軍 事

E0	軍事理論
E1	世界軍事
E2	中國軍事
E3/7	各國軍事
E8	戰略學、戰役學、戰術學
E9	軍事技術
E99	軍事地形學、軍事地理學

F 經 濟

F0	經濟學
F1	世界各國經濟概況、經濟史、經濟地理
F2	經濟與管理
F3	農業經濟

F4　　工業經濟

F49　　資訊產業經濟

F5　　交通運輸經濟

F59　　旅遊經濟

F6　　郵電通信經濟

F7　　貿易經濟

F8　　財政、金融

G　文化、科學、教育、體育

G0　　文化理論

G1　　世界各國文化與文化事業

G2　　信息與知識傳播

G3　　科學、科學研究

G4　　教育

G8　　體育

H　語言、文字

H0　　語言學

H1　　漢語

H2　　中國少數民族語言

H3　　常用外國語

H4　　滿藏語系

H5　　阿爾泰語系（突厥－蒙古－通古斯語系）

H61　　南亞語系（澳斯特羅－亞細亞語系）

H62　　南印語系（達羅毗荼語系、德拉維達語系）

H63 南島語系（馬來亞一玻里尼西亞語系）

H64 東北亞諸語言

H65 高加索語系（伊比利亞一高加索語系）

H66 烏拉爾語系（芬蘭一烏戈爾語系）

H67 閃一含語系（阿非羅一亞細亞語系）

H7 印歐語系

H81 非洲諸語言

H83 美洲諸語言

H84 大洋洲諸語言

H9 國際輔助語

I 文 學

I0 文學理論

I1 世界文學

I2 中國文學

I3/7 各國文學

J 藝 術

J0 藝術理論

J1 世界各國藝術概況

J19 專題藝術與現代邊緣藝術

J2 繪畫

J29 書法、篆刻

J3 雕塑

J4 攝影藝術

J5　工藝美術

[J59]　建築藝術

J6　音樂

J7　舞蹈

J8　戲劇、曲藝、雜技藝術

J9　電影、電視藝術

K　歷史、地理

K0　史學理論

K1　世界史

K2　中國史

K3　亞洲史

K4　非洲史

K5　歐洲史

K6　大洋洲史

K7　美洲史

K81　傳記

K85　文物考古

K89　風俗習慣

K9　地理

N　自然科學總論

N0　自然科學理論與方法論

N1　自然科學概況、現狀、進展

N2　自然科學機構、團體、會議

N3　　自然科學研究方法

N4　　自然科學教育與普及

N5　　自然科學叢書、文集、連續性出版物

N6　　自然科學參考工具書

[N7]　　自然科學文獻檢索工具

N79　　非書資料、視聽資料

N8　　自然科學調查、考察

N91　　自然研究、自然歷史

N93　　非線性科學

N94　　系統科學

[N99]　　情報學、情報工作

O　數理科學和化學

O1　　數學

O3　　力學

O4　　物理學

O6　　化學

O7　　晶體學

P　天文學、地球科學

P1　　天文學

P2　　測繪學

P3　　地球物理學

P4　　大氣科學（氣象學）

P5　　地質學

P7　　海洋學

P9　　自然地理學

Q　生物科學

Q1　　普通生物學

Q2　　細胞生物學

Q3　　遺傳學

Q4　　生理學

Q5　　生物化學

Q6　　生物物理學

Q7　　分子生物學

Q81　　生物工程學（生物技術）

[Q89]　　環境生物學

Q91　　古生物學

Q93　　微生物學

Q94　　植物學

Q95　　動物學

Q96　　昆蟲學

Q98　　人類學

R　醫藥、衛生

R1　　預防醫學、衛生學

R2　　中國醫學

R3　　基礎醫學

R4　　臨床醫學

R5　　内科學

R6　　外科學

R71　　婦產科學

R72　　兒科學

R73　　腫瘤學

R74　　神經病學與精神病學

R75　　皮膚病學與性病學

R76　　耳鼻咽喉科學

R77　　眼科學

R78　　口腔科學

R79　　外國民族醫學

R8　　特種醫學

R9　　藥學

S　農業科學

S1　　農業基礎科學

S2　　農業工程

S3　　農學（農藝學）

S4　　植物保護

S5　　農作物

S6　　園藝

S7　　林業

S8　　畜牧、動物醫學、狩獵、蠶、蜂

S9　　水產、漁業

T　工業技術

TB	一般工業技術
TD	礦業工程
TE	石油、天然氣工業
TF	冶金工業
TG	金屬學與金屬工藝
TH	機械、儀錶工業
TJ	武器工業
TK	能源與動力工程
TL	原子能技術
TM	電工技術
TN	電子技術、電信技術
TP	自動化技術、計算機技術
TQ	化學工業
TS	輕工業、手工業、生活服務業
TU	建築科學
TV	水利工程

U　交通運輸

U1	綜合運輸
U2	鐵路運輸
U4	公路運輸
U6	水路運輸
[U8]	航空運輸

V 航空、航天

V1 航空、航天技術的研究與探索

V2 航空

V4 航天（宇宙航行）

[V7] 航空、航天醫學

X 環境科學、安全科學

X1 環境科學基礎理論

X2 社會與環境

X3 環境保護管理

X4 災害及其防治

X5 環境污染及其防治

X7 行業污染、廢物處理與綜合利用

X8 環境質量評價與環境監測

X9 安全科學

Z 綜合性圖書

Z1 叢書

Z2 百科全書、類書

Z3 辭典

Z4 論文集、全集、選集、雜著

Z5 年鑑、年刊

Z6 期刊、連續性出版物

Z8 圖書目錄、文摘、索引

附錄二

研究報告範例之一

美國民眾的「大多數」*

第一節 前言——正確地認識美國人

加強對美國宣傳工作是當前外交工作的當務之急，唯有增進美國人對我們進一步地瞭解，才能強化對美外交的「民意基礎」。如何正確選擇「美國人士」作為增強彼我雙方之間的認識對象，實在是整個對美外交輿情研究與交流成敗的關鍵。對這個問題的解答，有些人認為我們應該繼續研究美國右派人士，有些人卻以為應該轉而注重影響左派分子。見仁見智，都有其道理。

筆者認為，唯有客觀地分析，並瞭解目前美國真正的政治人口主力，以之作為輿情研究與交流的對象，才能達到真正事半功倍的效果。茲參照美國有關輿情的分析，依據美國最近幾年的大選資料以及民意測驗報告，研析美國在政治上發生作用的大多數民眾，藉以瞭解他們在人口學上的特質——諸如年齡、政治興趣、經濟狀況、教育背景、職業、宗教、居所……，而有助於我們促進對美關係之推展。

* 本文撰寫於1978年，係引用當時最新之資料，收錄於宋楚瑜，《美國政治與民意》(臺北：黎明文化事業公司，1978年)。

第二節　美國政治上的「大多數」與其特質

年齡的差別

根據許多資料顯示，美國的政治人口主力，既非青年人，亦非老年人，而是中年人。依據美國人口調查局在 1968 年大選所做的統計，參加該次選舉，年齡在 30 歲以下的人口占全部選民的 17%，而 60 歲以上的人亦僅占 15%，主要人口是年齡在 30 歲至 64 歲之間，此類人口占 68%（見附表一）。根據 1976 年美國大選統計，參加該次總統大選的美國選民人口也有類似現象，即中年人仍然是美國政治人口的主力。18 歲至 20 歲人口占 5.3%；21 歲至 44 歲人口占 44.5%；45 歲至 64 歲人口占 34.4%；65 歲以上人口占 15.8%。[1]

根據 1977 年 8 月，蓋洛普就臺灣地區與美國的關係所做的美國民意調查報告顯示，18 歲以下的人根本不列入其抽樣對象，[2] 18 歲至 34 歲的人口占全部取樣人口的 38.5%，35 歲至 49 歲的人口占 23.7%，50 歲以上的人口占 37% 以上。可見中年人仍然是輿論調查抽樣的主要對象（見附表二）。

---

1 Herman B. Brotman, "Voter Participation in November, 1976," *The Gerontologist*, vol. 17, no. 2 (1977), p. 158.

2 在蓋洛普就美國選情所做的一般民意調查中，其抽樣亦以法定投票年齡十八歲以上為對象。

附表一　1968 年美國大選選民分析

成　分		占全部選票百分比 (%)	實際投票率百分比 (%)
年齡	30 歲以下	17	
	30～64 歲	68	
	65 歲以上	15	
每人年收家庭	$3,000 以下	9	54
	$3,000～$5,000	13	58
	$5,000～$15,000	66	72
	$15,000 以上	12	84
教育程度	小學或小學以下	22	
	中學 1～3 年	16	
	4 年	36	
	大學 1～3 年	13	
	4 年以上	13	
職業	高階層白領階級	19	
	手工、技術工作、販賣工人	42	
	農　人	3	
	失業者	1	
	非勞工人口		
	女性（幾全部為家庭主婦）	28	
	65 歲以上男性	5	
	其他人士	2	
宗教	新教徒	68	
	天主教徒	25	
	猶太教徒	4	

資料來源：Richard M. Scammon and Ben J. Wattenberg, *The Real Majority* (New York: Berkeley Medallion Books, 1972), p. 41.

附表二　1977 年蓋洛普有關臺灣地區與美國的關係民意測驗抽樣成分分析

成分		百分比 %
性別	男　性	47.2
	女　性	52.8
年齡	18～34 歲	38.5
	35～49 歲	23.7
	50 歲以上	37.0
	不　詳	0.8
每年家庭收入	$7,000 以下	23.9
	$7,000～$9,999	11.1
	$10,000～$14,999	21.6
	$15,000～$19,999	16.8
	$20,000 以上	24.4
	不　詳	2.2
教育程度	小　學	15.9
	中　學	54.8
	大　專	29.3
	不　詳	0.0
職業	專業及技術人員、工商界人士	25.5
	低階層技術人員	6.8
	手工工作業者	42.5
	農　人	1.9
	非勞工人口	19.6
	不　詳	3.7

資料來源：*A Gallup Study of Public Attitudes Toward Nationalist China on Taiwan* (Princeton, N. J.: The Gallup Organization, Inc., August 1977), Technical Appendix, p. I.

注：以下所有 1977 年蓋洛普有關臺灣問題民意測驗數字均來自同一資料。

年齡的差別，在政治上的另外一個很重要的現象，就是美國的青年人及老年人對政治的興趣均不及中年人來得濃厚；換言之，前者對政治的參與不如中年人。根據1968年美國人口調查局的統計，18歲到20歲間依法能夠有投票權的人，只有33.6%真正投了票；21歲到24歲的，只有51.1%的人口投了票；25歲到34歲的，有62.5%參加了投票；而35歲到44歲的，有70.8%的人參加了投票；45歲到54歲的，有75.1%的人參加了投票；75歲以上的，有56.3%的人參加了投票；換言之，年輕人能夠有資格投票，而又真正去投票的人口，占的比率最少，最重要的仍是35歲到54歲之間的人口占比最多，達75.1%。過了65歲又有下降的趨勢。這種現象在1972年和1976年的大選中，也再度表現出來（見附表三）。

附表三　美國選民實際投票率　　單位：%

	1964	1968	1972	1976
18～20歲	39.2	33.6	48.3	38.0
21～24歲	51.3	51.1	50.7	45.6
25～34歲	64.7	62.5	59.7	55.4
35～44歲	72.8	70.8	66.3	63.3
45～54歲	76.1	75.1	70.9	67.9
55～64歲	75.6	74.7	70.7	69.7
65～74歲	71.4	71.5	68.1	66.4
75歲以上	56.7	56.3	55.6	54.8

資料來源：*Population Characteristics: Voter Participation in November 1976* (*Advance Report*), Current Population Reports, Series P-20, No. 304 (Washington, D.C.: Bureau of The Census, U. S. Department of Commerce, December 1976), p. 3.

財富的多寡

美國選民人口主力的另外一個重要現象就是，他們既非窮人，亦非富人，而是所謂的中產階級。根據1968年大選的選民資料顯示，每年家庭收入在 3 千美元以下的人口，只占全體選民的 9%；3 千美元至 5 千美元之間者，占 13%；最重要的是 5 千美元至 1 萬 5 千美元之間的人口，占 66%；1 萬 5 千美元以上者只占 12%；換言之，收入在 5 千美元至 1 萬 5 千美元之間的人口，卻是全部選民的主要力量，占 66%（見附表一）。

美國中產階級人士不但是選民中的主要力量，同時他們出席參加投票的投票率也比其他人口來得高。根據 1968 年統計，收入在 3 千美元以下者，投票率是 54%，3 千美元至 5 千美元收入者，投票率達 58%，5 千美元至 1 萬 5 千美元者達 72%，1 萬 5 千美元以上者投票率達 84%；換言之，收入愈多者，投票率愈高（見附表一）。

根據蓋洛普測驗討論中美問題的民意調查報告結果，也有上面同樣的現象，那就是，家庭收入在 7 千美元以下者，只占全部抽樣的 23.9%；其餘 56% 以上者，仍是以收入在 7 千至 1 萬 5 千美元者為主力，年薪收入在 2 萬美元以上的抽樣人口，只占 24.4%，可見主力既非窮人，亦非富人，而是所謂的中產階級（見附表二）。

教育程度的高低

政治人口主力的另一個重要特徵，就是他們既非受過高深教育，亦非完全沒有受過教育者，其主力還是所謂的中間者。一般來說，他們受過高中教育。根據參加 1968 年大選選民的統計調查，其中受過初等學校教育的占 22%，而受過高中教育的占 52%，受過大學教育的只占 26%（見附表一）。

因此我們可以說，差不多四分之三（約 74%）的選民從未進過大學之門，可見美國選民主力，仍是高中畢業階層者。對其思想、觀念的了解，我們必須從這個角度加以衡量。

1977 年蓋洛普有關臺灣地區與美國關係的美方民意調查報告中，亦有相同的顯示，29.3% 接受測驗者受過大學教育，54.8% 均為高中畢業生，小學程度者占 15.9%。再次證明美國主要政治人口，不是高級知識分子，亦非目不識丁者，而是中間一般受過高中教育程度者（見附表二）。

職業的貴賤

從職業上來說，美國政治人口主力，既非高級專業者，亦非低階級的農人、勞工，主要還是中產階級。根據 1968 年美國選民調查，由職業來分析：高階層的白領階級只占 19%，手工、技術工人、工人占 42%，農人占 3%，家庭主婦等無職業者占 28%，年老退休者（以男性為主）占 5%（見附表一）。

這種現象在蓋洛普測驗中亦有同樣顯示：專業及技術化的工商界人士占 25.5%，一般低階層技術人員占 6.8%，以手工作業者占 42.5%，農村人口占 1.9%，非勞工人口占 19.6%，因此，主要力量仍是以勞力換取生活的人，占 42.5%（見附表二）。

宗教與地域的區分

美國政治人口主力的另一個特色，以宗教來分，為新教徒，占 68%；而天主教徒只占 25%；猶太教徒占 4%（見附表一）。

還有一個現象，就是大部分都屬都市人口，以往美國人口是自農村向都市集中，目前則是自都市向郊區移動。1950 年人口統計資料顯示，都市人口占 35%，農村人口占 41%，郊區人口占 24%。1960 年時，都市人口為 32%，農村人口相對降低至 37%，郊區人口則增至 31%。1968 年，都市人口下降到 29%，農村人口亦下降到 36%，郊區人口增至 35%。在 1950 年至 1968 年人口的起落中，郊區人口增加了

3千2百萬人。因此，今天的美國，就地域區分來說，35%的人口逐漸集中在都市的四周，加上都市本身，就1968年而論，已超過64%（見附表四）。

附表四　美國人口分布　　單位：%

年份 / 地區	1950	1960	1968
大城市	35	32	29
郊　區	24	31	35
小城市及鄉村	41	37	36

資料來源：Scammon and Wattenberg, p. 69.

還有一個現象，特別是最近幾年，年輕人、低收入者、黑人均是美國政治上不可忽視的一些群眾與力量，但是這些人卻並非美國政治人口中最主要部分。雖然美國近年來對年輕人、少數民族及低收入者的問題與福利特別重視，但就瞭解美國政治人口主力問題而論，我們必須有一個正確的觀念。

自由與保守之別

就瞭解美國政治人口主力來說，以其基本態度與思維而論，有一個很重要的現象，即所謂自由派人士雖然經常高談闊論，但是他們並非美國政治人口的大多數。根據1969年蓋洛普的統計調查：23%的美國人自稱為保守派；28%為溫和保守派；18%自稱是溫和自由派；15%自稱為自由派；16%的人無意見（見附表五）。因此將溫和派加上保守派，總數字超過69%，美國真正的政治主力是溫和保守派，而非自由派。他們基本上態度傾向於溫和保守派，其重視的不是一些所謂自由開明的態度，他們所關心的是所謂的社會問題——與切身有關的問題，諸如物價、福利、控制犯罪等。

附表五　1969 年夏季蓋洛普民意調查美國人政治見解分析

保守派	溫和保守派	溫和自由派	自由派	無意見
23%	28%	18%	15%	16%

資料來源：Scammon and Wattenberg, p. 74.

第三節　美國民眾的「大多數」關心切身利害相關的社會問題

美國著名的選情專家史肯門 (Richard M. Scammon) 在《美國真正的大多數》(*The Real Majority*) 一書中，特別對 1968 年大選加以研究。他指出，雖然在 1968 年反越戰的最高潮中，國際問題並非是美國選民所最關切的，他們最關切的仍然是如何控制物價的經濟問題、如何防止犯罪、美國本身的道德與種族等社會問題。這是相當平實的報導，因為資料顯示，從 1960 年到 1968 年，美國犯罪率增加 106%，[3] 到處都有謀殺、強姦、搶劫、放火，這些問題當然是選民切身注意到的問題；另一個就是種族問題，種族問題所帶來的社會不安，史肯門在書中曾予特別強調，同時也有很詳細的分析，他認為越戰問題雖然在 1968 年大選中是一項極為引人注目的問題，也是報導最多的問題，但是美國選民真正關心的，卻是與他們切身利害相關的基本社會問題，一般美國民眾對外交問題比較缺乏熱心。[4]

這種現象實不自今日始，亞蒙 (Gabriel A. Almond) 教授在其名著《美國人民及外交政策》(*The American People and Foreign Policy*) 一書中，曾就這個問題詳加討論，他仔細地分析自 1935 年 11 月至 1949

[3] Richard M. Scammon and Ben J. Wattenberg, *The Real Majority* (New York: Berkeley Medallion Books, 1972), p. 41.

[4] Ibid, pp. 35–44.

年 10 月間美國民意測驗的結果，發現美國民意對國際問題關心的程度與時局的變化雖有起伏，但基本上可以說並不十分關心國際問題（見附表六）。

亞蒙教授的研究指出，1935 年的秋季和冬季，在義大利與阿比西尼亞的戰爭結束之後，以及西班牙內戰爆發之前的一段時間，當時接受蓋洛普抽樣調查的美國人當中，只有 11% 的人認為國際問題是美國人民所面臨的最重大問題，而幾乎所有這些重視外交政策的美國人，都強調「維持美國的中立」為當時外交上的第一要務。當時一般的美國人都認為，在困擾美國人的許多問題中，最主要的還是和就業、政府經濟、商業不景氣、稅收等有關，這些美國人對外交政策所關切的，主要是在消極方面如何避免捲入外國人的事。到了西班牙內戰期間，也就是 1936 年 12 月，那些特別擔心來自國外的威脅，而同時又關心美國是否能維持中立的美國人的百分比，曾一度上升到 26%，1937 年 12 月的百分比和前一年的差不多，但是注意力卻已集中到遠東，因為當時七七事件爆發，中日戰爭愈為熾烈，同時美國一艘砲艇「班乃島號」(Panay) 被日本擊沉。

隨後一次的蓋洛普調查是在 1939 年 1 月舉行的，時值西班牙的內戰接近尾聲，以及《慕尼黑協議》簽訂之後，國際政治在這一段時期中，表面上尚屬平靜，因此對外交政策關切的美國民眾又降到 14%。其中 11% 的美國人認為，維護和平是美國當前最重要的問題，而百分之三的美國人則關心美國的國防，由於德國占領波希米亞 (Bohemia) 和摩拉維亞 (Moravia)，破壞了《慕尼黑協議》，再加上義大利侵略阿爾巴尼亞 (Albania)，於是造成 1939 年春，美國大眾注意力突然集中到外交問題，當時有 35% 的美國人瞭解國外的危機，而認為當時所面臨的最重要的問題乃是「不要捲入戰爭」。

可惜在德蘇協定和第二次世界大戰爆發期間，美國當時沒有做民意調查，要不然這些發展很可能會戲劇化地增進美國民眾對國際局勢的警覺性；到了 1939 年的 12 月，蓋洛普的問卷又把外交政策的問題包括在內，可能由於這是一段「假戰爭」時期，所以美國民眾對時局關切之情又降低了。當時美國民眾認為，外交事務是當前最重要問題的人比例是 47%，但是，同樣的，他們認為最主要的外交問題是「不要捲入戰爭」。過了九個月，當挪威、丹麥、法國及荷蘭、比利時、盧森堡相繼淪陷於德國之後，此時的數字是 48%。不過這一次是以不同的觀點來看這個問題，其中，只有 9% 的人把「不要捲入戰爭」列為美國最重要的問題；27% 的人關切美國的國防力量是否充裕；12% 的人提到「戰爭問題」。希特勒在 1940 年春夏之際，攻城掠地，所向披靡，乃動搖了美國人原以為能置身國際危機之外而袖手不顧的信心，對於解決當時美國外交問題的辦法，再也不只是單純的拒絕和撤退。德國、義大利和日本的侵略威脅，使得美國人憂心忡忡，不得不暫時一反常態，採取積極的態度，支持外交上的作法。

到了 1941 年 11 月，珍珠港事變的前夕，美國民眾為國際大勢感到極端憂慮不安，以致絕大多數接受蓋洛普調查的美國人，都把與外交政策和國防有關的問題列為最重要的問題，1941 年 11 月初，70% 的美國人將這類問題列入最重大的問題，到 11 月末的時候，民情沸騰，達到 81%，這一次他們終於認為應該迅速加強國防、援助英國以及加入歐戰，只有少部分的人還認為當時的外交問題是「不要捲入戰爭」(11 月初是 7%，11 月末是 9%)。

在第二次世界大戰期間，對美國民眾是否關心國際局勢的問題所作的民意調查，需要從不同的角度來衡量，因為對這個問題又有了不同的解釋。在第二次世界大戰中，接受調查的美國人被問到：「撇開贏得戰爭的勝利不談，你認為我國當前所面臨的最重要的問題是什麼?」毫無疑問的，如果當時還用先前那一套問法，美國民眾回答外交問題是最重要問題的比例，一定比 1941 年 11 月的時候還要高，由於有以上這樣的問法，換言之，也就是在提醒之下，美國人對這個問題的看法尤其值得玩味。在第二次世界大戰期間的三次美國民意調查中，僅有少數美國人認為（撇開贏得戰爭的勝利不談）有關外交政策的問題是最重大的問題。1942 年 12 月，11% 的美國人關切如何「締造持久的和平」，而 8% 的人則為戰後重建的問題而煩惱，絕大多數的人將通貨膨脹、經濟不景氣的危險、糧食缺乏、勞工問題，列為美國當前的重大問題。值得特別注意的是，當此戰爭的勝利日漸接近之際，認為（撇開贏得戰爭的勝利不談）有關外交政策的問題是最重要的人的百分比，不但沒有增加，反而降低了。1943 年 8 月，只有 14% 的人列舉外交政策問題。在 1945 年 3 月德國潰敗的前夕，列舉外交問題的人比例還是一樣，而緊接著，在對日戰爭勝利之後（1945 年 8 月下旬），只有 6% 的美國人還真正關心國際問題。

這些數字顯示，在戰爭期間，美國大眾對戰役安排、戰後安全等問題的關切，還不如那些對個人看起來比較急迫的問題，諸如戰後轉業、就業問題等來得深。然而，在此期間所做的其他民意調查顯示，老式的美國孤立主義大體而言是消逝了。當被問到美國是否應在世界事務中扮演一個較前更為重要的角色時，絕大多數的美國人（70%–80% 之間）都贊成美國應多參加國際事務，只有少數人基本上支持孤立主義者，但是假如沒有被問到一些曉以大義的問題，則只有少數的美國人，在第二次世界大戰最激烈時期，會留意到美國的長遠國際地位問題。

從這些調查的結果，我們發現，美國人對捲入國外事務的態度比以前所想像的要複雜及難以捉摸；這也許無法從它的本身來理解，但是我們不難從美國一般人的價值觀念中看到一些端倪。一般的美國人都非常重視個人直接的利益，任何與此不合的情形，都會遭到相當大的阻力，當政治問題侵犯到或勢將侵犯到這些個人利益的時候，大眾就會注意到這個問題，一旦這種壓力減弱時，注意力也就很快消失了，就像綳緊的鬆緊帶一樣彈了回去，美國人如果想要參與世界事務的話，當然是基於經驗和道德，但是要美國大眾接受美國積極參加世界事務的立場，他們還是心不甘情不願的，而且只有在碰到明顯和公然的威脅情況之下，被激得非接受不可的時候，才有可能接受。

1945 年 8 月，日本無條件投降，而美國大眾對國外事務的關懷心理一掃而空，固然美國人一方面很理智地承認，在戰後由於美國變成世界強國，已經無法再回到以前那種孤立主義。另一方面由於國際問題本身就是一個嚴肅的主題，同時需要相當的知識和不斷的興趣，因此，只有極少數的美國人稱得上是關心國外事務問題的人，是以，把維持和平、重建歐洲、管制原子彈列為最關切的問題的美國人，在 1945 年 8 月只占了 6%，1945 年 10 月也只有 7%。

以上是第二次世界大戰期間，美國民眾對世界局勢注意力的變化，說明了美國民眾對世界問題一貫不穩定的和膚淺的反應。

第四節　第二次世界大戰以後美國民意的特徵

第二次世界大戰結束之後的幾年，美國民意就國際問題的起伏，有以下兩點特徵：其一是由於美、蘇雙方之衝突愈演愈烈，美國民眾對於國際事務的關切有日漸增強的趨勢；其二是美國民眾的反應還是呈現極不穩定的狀態，在有直接威脅時，民情就突然高漲起來；在美蘇關係出現短暫性表面穩定時，又突然冷淡下去。1946 年初，由於伊朗的危機，又突然引起美國大眾極大的關切。6 個月之後，因為義大利和平條約的進展，美國民眾對國際問題的注意力就又突然減低了。1946 年秋，華理斯 (Henry Wallace) 副總統和柏恩斯 (James F. Byrnes) 國務卿的爭論，一下子又引起大家對外交政策問題的關切。1947 年春，杜魯門主義的宣布，使得美國大眾的關切之情遽增，達到戰後最高紀錄——54%。但是 1947 年的夏季和秋季，由於馬歇爾計畫的宣布、「臨時援助法案」的頒布，以及法國消弭了共產國際所發動的工潮之後，很明顯的又為美國人製造了一股安全的氣息，1947 年 12 月的蓋洛普測驗顯示，把國際問題看做是最重要問題的美國人，減少了 20% 左右。

1948 年 4 月，義大利的選舉危機，使得美國大眾對注意國際問題又一度掀起熱潮，但是在非共黨的黨派獲得勝利之後，馬上又消退了。美國人對國際事務所持態度的膚淺和其情緒的變化，完全受表面的威脅所左右，只要從他們對國際問題注意力戲劇化的突升突降，就可以看得很清楚。不過在此必須指出的一點是，自從冷戰開始之後，在全國性的民意調查中，為數相當大的百分比一直視外交政策問題為當務之急。因此，1948 年春末，當時蘇聯還沒有封鎖柏林，可算得是一段「非危機」的時期，接受調查的美國人之中，50% 的人把「外交政策」及其相關問題列為「美國當前所面臨的最重要的問題」。1949 年秋初，蘇聯宣布原子彈試爆之前，34% 的美國人將外交政策問題列為最重要的問題（見附表六）。

根據現有的資料，我們無法把第二次世界大戰結束後，美國大眾馬上減低了對國際事務的強烈關切的情形與第一次世界大戰後橫掃美國孤立主義的浪潮相比。第二次世界大戰末期，以及戰爭結束後那一年的調查問卷還顯示，相當大數量的美國民眾樂見美國優先參與國際

附表六　美國民眾關切外交問題程度比較

日　期	認為外交問題為最重要問題的百分比 (%)	日　期	認為外交問題為最重要問題的百分比 (%)
1935 年 11 月	11	1946 年　9 月	23
1936 年 12 月	26	1946 年 12 月	22
1937 年 12 月	23	1947 年　3 月	54
1939 年　1 月	14	1947 年　7 月	47
1939 年　4 月	35	1947 年　9 月	28
1939 年 12 月	47	1947 年 12 月	30
1940 年　8 月	48	1948 年　2 月	33
1941 年 11 月	81	1948 年　4 月	73
1945 年 10 月	7	1948 年　6 月	50
1946 年　2 月	23	1949 年 10 月	34
1946 年　6 月	11		

資料來源：Gabriel A. Almond, *The American People and Foreign Policy* (New York: Frederick A. Praeger, 1960), p. 73.

事務（如果不是第一優先的話）。《幸福》雜誌 (*Fortune*) 在 1944 年 12 月 29 日做了一項民意調查，列舉了美國所面臨的許多問題，要接受調查的人選出其中他們認為最重要的事，幾乎有 60% 的美國人選的是「戰後美國在國際事務中所應扮演的角色」。

雖然我們可以說國際事務問題的重要性，在戰後已獲得美國民眾的承認，但是從別的一些研究報告中卻透露出另外一種趨勢——就是把煩人和不直接相干的問題拋在一旁。《幸福》雜誌在 1945 年 8 月所做的一項民意測驗結果顯示，一半以上的美國人覺得俄國以及軸心戰敗國的問題將是「未來幾年裡的棘手問題」。但是，隨後的一項蓋洛普民意測驗卻顯示，如果我們因而斷言為數甚眾的美國人確實曾好好思考過美國與俄國間關係的問題，或真正瞭解美蘇關係的涵義，則與事實大相逕庭。在 1946 年 9 月底所作的一次蓋洛普民意測驗中，故意將接受抽樣調查的人分成兩部分，以不同的問話方式分別問這兩組人，然後要他們在一系列的問題中，選出他們所最關切的問題。在第一部分的人當中，只有 15% 認為「與俄國打交道」的問題是他們最關心的問題，另有 14% 覺得那是他們「第二關心」的問題。而在第二部分的人當中，故意把國際事務問題強調成是「維持世界和平」的問題，結果有 63% 把它選作是他們所認為最關心的問題。

由此可知，當時一般美國人並不十分瞭解美蘇關係對「維持世界和平」是息息相關的。申言之，就美國人對於俄國問題和國際事務的態度而論，我們可以從這兩次的民意調查中發現到一些有趣的現象，當接受抽樣調查的美國人，碰到類似「維持世界和平」這種「大帽子」的問題時，他們就會表示出對於國際事務極大的關切。換言之，如果用直接了當、大而化之的口吻同美國人討論國際問題，他們會很感興趣。他們也會願意承認國際事務問題——例如美蘇關係——是很重要而又很麻煩的問題。但是如果你問美國人，與蘇俄打交道這個問題——一個在美國外交上最困難而又最嚴肅的問題——是不是他們所最關切的問題，當把它和其他問題，諸如住宅問題、降低生活費用、罷工等問題並列時，百分比就會極度下降。

美國人對國際事務的關注，一直保持著這種不耐煩而又非常消極的態度，他們也承認美國不得不捲入國際政治，而且也瞭解在現實環境下，無法完全遷就原來獨善其身的想法，但是如果真正面臨到美蘇關係陷於沉悶、緊張、威脅，乃至於挫折的時候，美國人就會表現出不願意被牽連在內、不願意再予關注的情緒。從積極的一面來看，我們必須承認，有證據可以證明美國大眾愈來愈關心於國際事務。《幸福》雜誌在 1948 年 6 月的一次民意調查中問道：「未來四年，假如在下列事項中，你只可以挑四項問題，以你認為正確的方式加以處理，你認為哪四項問題最重要呢？」結果，四項獲得最高百分比的答案中，三項是屬於外交政策問題，包括有 69% 的美國人選「美國的軍事實力」，66% 的人選「美國的對蘇政策」，53% 的人選「馬歇爾計畫」。在辛辛那提 (Cincinnati) 地區，就美國人對國際事務的態度所做的一項密集研究中，當美國國家民意研究中心 (National Opinion Research Center) 的調查員問那些接受調查的美國人，他們對有關國內外問題新聞關切的程度，[5] 92% 的美國人表示深切關注生活費用的新聞，54% 人深切關注美蘇關係的新聞，51% 的人對管制原子彈的新聞予以深切的關注。無疑，這顯示美國人民對外交政策問題的警覺性都很高，但是從前述美國人對國際問題反應的升降起伏紀錄來看，我們就可以瞭解到在威脅較不明顯的情況下，美國大眾對外交的注意力隨時有降低的可能。

上述現象，並不因時遷歲易而有所改變，依據蓋洛普民意測驗調查顯示，在 1976 年美國大選中，美國民眾最關切的問題依次是：物價太高（47%）、失業（31%）、對政府不滿（6%）、犯罪（6%）、外交（6%）、政府過度消費（4%）、道德淪喪（3%）、其他（24%）、不詳（4%）。[6] 這個現象，似乎並不因種族、性別、年齡、教育程度、宗教、收入、黨派、職業而有大的分別。換言之，美國一般人所關心的是自己內部的問題，而不是外交事務（見附表七）。

[5] National Opinion Research Center, *Cincinnati Looks at the United Nations*, 1948, pp. 5ff.

[6] *The Gallup Opinion Index*, Report No. 137, (December 1976), p. 29.

附表七　美國人目前所關切之首要問題

問：「你認為本國所面臨的首要問題是什麼？」

1976 年 10 月 22 日—25 日　　　　單位：%

		生活水準太高	失業	不滿政府	犯罪	外交事務	政府費用太多（社會計畫）	道德淪喪	雜項	無意見
全國總計		47	31	6	6	6	4	3	24	4
性別	男　性	46	32	7	4	5	3	3	25	3
	女　性	47	30	5	8	7	5	4	23	5
種族	白　人	49	28	6	5	6	5	4	24	4
	非白人	32	52	5	12	4	3	2	19	7
教育程度	大　學	49	28	7	4	6	4	4	25	2
	中　學	46	34	5	6	5	4	3	24	4
	小　學	45	27	8	10	7	4	4	23	8
地區	東　部	47	38	6	5	5	4	2	24	1
	中西部	51	30	5	8	3	4	3	25	5
	南　部	42	28	8	4	7	5	6	22	7
	西　部	47	26	4	8	9	4	4	25	2
年齡	18 歲以下(不含 18 歲)	45	33	5	3	4	3	2	25	4
	18～24 歲	44	34	2	4	4	4	2	25	4
	25～29 歲	47	32	9	3	5	2	2	26	3
	30～49 歲	54	29	5	7	6	5	3	21	3
	50 歲以上	42	30	7	8	6	5	5	25	5
收入	$20,000 以上	52	27	5	5	6	5	4	25	2
	$15,000～$19,999	50	35	6	4	4	4	3	25	2
	$10,000～$14,999	46	29	7	7	7	3	3	20	5
	$ 7,000～$ 9,999	49	30	3	5	8	4	4	23	2
	$ 5,000～$ 6,999	41	31	5	8	5	3	2	25	9
	$ 3,000～$ 4,999	37	40	6	10	6	5	1	25	4
	$ 3,000 以下	39	29	5	11	4	9	8	32	9
政治背景	共和黨	51	22	3	7	10	4	4	23	4
	民主黨	46	40	6	6	4	5	3	21	4
	社會民主黨	44	38	6	3	6	6	4	19	6
	其他民主黨	47	41	5	7	3	4	2	22	2
	無黨派	45	24	8	7	7	4	4	28	4

續上表

		生活水準太高	失業	不滿政府	犯罪	外交事務	政府費用太多（社會計畫）	道德淪喪	雜項	無意見
宗教	新　教	44	27	7	6	7	5	5	24	5
	天主教	49	41	3	6	4	4	1	22	2
職業	專業技術人員及商人	54	26	6	4	7	5	2	24	1
	抄寫員與店員	48	29	4	7	4	1	5	20	3
	手藝工人	45	35	6	6	5	4	4	22	5
	非勞工	39	30	6	9	8	4	4	31	7
城市規模	1,000,000 人以上	52	37	5	12	6	2	3	22	2
	500,000～999,999 人	41	32	5	7	4	4	1	30	2
	50,000～499,999 人	48	34	5	4	4	5	4	23	4
	2,500～49,999 人	49	28	9	2	8	6	3	23	4
	2,500 人以下（鄉村）	43	24	6	6	7	5	5	24	7
家庭	工會家庭	44	37	5	10	6	5	2	24	4
	非工會家庭	47	29	6	5	6	4	4	23	4

資料來源：*The Gallup Opinion Index*, Report No. 137, (December 1976), p. 29.

第五節　美國人對國際事務漠不關心

另外一個重要的現象，就是大部分的美國人，對國際政治問題的認識和瞭解都十分膚淺，這一點可以從他們所獲得的有關國際事務的資料中看出來。

其實，從他們對國際問題客觀上所擁有的實際知識去衡量，遠比直接問他們主觀上對世界問題到底有多關切，更能說明美國人事實上對國際事務關切的程度。譬如說，美國大眾對美蘇關係、馬歇爾計畫或原子能的管制表示「深切」關注的話，按理我們就應該能肯定，他們對這些問題的詳情有某種程度的瞭解。然而，事實上並非如此，一個普通的美國人假如對職棒大聯盟 (Major League) 的職業棒球隊下一季成績極有興趣的話，他一定對棒球賽知識如數家珍，同時可以分析出一套道理來。但是，只有很少數的美國人對外交政策的問題具備相同的知識和分析能力。當然，這並不意味著在這一方面美國人和其他國家或地區的人有什麼不同，其他國家或地區的人民就國際常識所做的調查，結果證明情形也差不多。臺灣地區似乎也不例外，報載我們有些大專學生竟連以色列在哪裡都不知道，居然被認為「在美國附近」，而巴西被搬到了「亞洲」。[7] 因此，一般來說，各個國家或地區的人民似乎都對國際事務缺乏高度的興趣，並且缺乏國際常識，但是由於美國是當今世界自由國家的領導者，而在傳統上，美國人又缺乏熱心參與國際事務，所以，美國民眾如果缺乏對外交政策的常識，其影響要比其他國家或地區嚴重得多。

就美國人對國際事務瞭解程度所做的研究結果顯示，大部分美國人對國際事務實際情況的認識是相當馬虎和皮毛的，1946 年美國曾做過一項研究，以測驗美國人對最基本國際問題的瞭解情形，並將全國的抽樣就其對國際知識瞭解的高低程度分成七個組，這項研究把具備下列知識的美國人歸入第一組：(1)知道現任國務卿的名字；(2)認識格羅福斯將軍 (General Leslie R. Groves) 為何許人；(3)知道是哪一個國家在當時被控在伊朗逾時仍不撤軍；(4)說得出一種能衍生出原子能的物質名稱；(5)知道最近將試爆原子彈的計畫；(6)指得出即將試爆原子彈的地點。在做這項調查的時候，這些問題在報紙上都曾以顯著位置報導過。但對上述這些問題，竟有 16% 的美國人一項也答不出，8% 的人六項全會，62% 的答對問題的人不超過三項。[8]

1947 年 9 月，在辛辛那提曾經做過一項研究，結果 30% 的成年

[7] 《綜合月刊》，第 107 期（1977 年 11 月）：148。

[8] Leonard S. Cottrell, Jr. and Sylvia Eberhart, *American Opinion on World Affairs in the Atomic Age* (Princeton, N. J.: Princeton University Press, 1948), pp. 95ff.

人不清楚聯合國的宗旨，在此之前幾個月所做的另一項全國性調查報告顯示，一個包括全國抽樣的調查對象中，有 36% 的人也一樣不知道。而在辛辛那提抽樣調查中，雖有 70% 的人知道聯合國的一般性宗旨，但是他們對聯合國的權力範圍弄不清楚的仍占相當大的比例，70% 裡有 55% 的人以為聯合國除了其他的功能外，還應該負責制定對德和約和對日和約。[9]

美國學者克萊思柏格 (Martin Kriesberg) 在研究美國人對國際事務瞭解程度的報告中估計，平均說來，約有 30% 的美國選民「幾乎根本不懂你跟他所說的任何一件美國外交政策的事」，45%「是知其然而不知其所以然」，這些人知道的極少，雖然他們可能也聽得懂別人所討論的外交政策問題，但是他們「無法對這些問題提出任何高明的見解」。他估計，「明瞭國際問題」的人所占的比例是 25%。[10]

最近，波士頓大學某一位地理學教授要他的 64 名學生，說出 24 個國家首都的名字，並在世界簡略地圖上列出它們的位置，只有 5 個人答對一半。許多學生連這些國家在哪一洲都不知道，「香港被移到北極，韓國被搬到中國大陸中部。但是，最讓他反感的是有些學生竟然連越南在哪裡都不知道」。[11]

根據芝加哥外交關係委員會 (Chicago Council on Foreign Relations) 由另一位有名的民意調查專家哈里斯 (Louis Harris) 所做的一份調查報告──《1975 年美國民意和美國外交政策》(*American Public Opinion and U. S. Foreign Policy*) 指出，抽樣調查的美國民眾中，仔細地看外交新聞的不超過 31%，最多只是注意當時醒目的大新聞事

[9] National Opinion Research Center, op. cit., pp. 12ff.

[10] "Dark Areas of Ignorance," *Public Opinion and Foreign Policy*, ed. by Lester Markel, (New York: Harper, 1949), p. 51.

[11] 《聯合報》，1977 年 10 月 21 日，第 4 版。

件罷了，一般來說，只有 20% 的美國人真正關心注意外交政策問題。

同時，根據美國許多民意調查報告，我們發現只有極小比例的美國人參加那些偶而也討論國際事務的團體組織。由美國國家民意研究中心在 1947 年 11 月的研究中，我們發現美國人當中，只有大約 16% 的人是屬於這些偶爾談論國際問題俱樂部、社團、職業工會的會員。美國民意測驗研究中心 (Survey Research Center) 在 1947 年 2 月更進一步指出，在他們的抽樣裡，只有 10% 是屬於這一類型的人，他們還發現，參加這類組織的成員與國際事務常識水準之間有高度的相關性。同時，參加這類偶爾討論國際事務的社團組織的人，大多收入較高而且教育程度也高，年薪在 5 千美元以上的人當中有 24%，而完成大學教育的人當中有 30%，都是這類組織的負責人或會員。在上述辛辛那提所做的研究中，當問到那些不屬於這類組織的美國人為什麼他們不參加，是否有特殊的理由？42% 的人回答：「不曉得」。此外，23% 回答：「太忙了」，而其餘的人大部分都列舉了特殊理由，從這些理由可以看出，他們對國際問題漠不關心。[12]

根據美國曾做有關中國問題及古巴問題的其他民意調查的結果顯示，在只不過是問到被查訪者對這兩個問題所持的態度，而還沒有問到其瞭解或知道程度的時候，就已經有相當多的美國人說「不知道」。這麼多的美國人對這麼重要的外交問題不確定或漠然無知，其結果是給了美國總統在外交上「放手去做」的機會，這可從尼克森訪問大陸，美國人一般的反應上得到證明。對於那些不太關心美國以外事情的美國人來說，只要他們的總統所作的決定說來還算合理，並且看來還合乎美國的國家利益，美國一般人似乎不致於挺身而出，反對總統的決定。

[12] National Opinion Research Center, op. cit., pp. 6ff.

第六節　美國人對中國問題缺乏認識

由上面有關美國人對國際事務的瞭解程度的民意調查中，我們知道美國一般民眾對國際常識的缺乏。現在再來看看最近波托馬克(Potomac)協會對中國問題所做的特別民意調查，更可瞭解這個問題的嚴重性。

這一項民意調查是1977年4月16日至17日所進行的，當時並沒有中美關係重大事件發生，因此受調查的美國民眾當不致受新聞媒介的影響，左右他們回答問卷上的問題。[13]

這項民意調查一共抽樣查訪了820名美國人，並由位於新澤西州普林斯頓城極負盛名的蓋洛普民意測驗組織提供技術協助，所查訪的對象為居住在美國成年（18歲以上）的各階層人士代表，但不包括病人及囚犯。

在該項問卷調查中，會測驗被查訪者對中國問題的瞭解程度——包括中國大陸和臺灣地區。

政治派別並不影響美國一般民眾對這一問題的看法。特別是就中國大陸問題而論。民主黨與共和黨對這一問題的分歧並不十分顯著，他們的觀點和一般民眾的觀點相符合。

第七節　結論——我們對美國的輿情研究對象與重點

前面曾經提到，如果我們說美國人對外交政策問題缺乏關切的情

[13] Ralph N. Clough, Robert B. Oxnam, and William Watts, *The United States and China: American Perceptions and Future Alternatives*, prepared and published with the support of the China Council of the Asia Society, The Institute for International Social Research, The Rockefeller Foundation and Others (Washington, D.C.: Potomac Associates, 1977), pp. 26–29.

形時，只強調美國人係基於個人的因素和美國在傳統上態度一貫如此，以致對外交問題缺乏興趣，但這只看到問題的一面。如果說上面這兩個因素具有把美國民眾從外交政策的領域引開的效力，國際政治的複雜性，以及一般美國人在外交政策這個領域所能發揮的有限影響力，也排斥了美國人對國際問題的關切和參與。大部分的美國人要不是覺得他們對改變世界局勢無能為力，就是對他們能做些什麼一無所知。有些美國民意調查專家認為，增進一分知識，就能增進一分對外交政策問題理解的能力。事實上，一個具備實際國際情況資料的人，在能對外交政策作精闢的批判之前，除了要增進許許多多的知識之外，還要加上極大的智慧。

因此，對國際事務的關切與瞭解，以及自認為能在外交決策的領域扮演一個積極而又有意義的角色，似乎是必須同時具備的條件。具備了這些條件，才會積極地參與外交民意活動，這些條件似乎都集中在較富裕而教育程度較高的美國人身上。因此，這些大部分來自社會中對政治敏感度較高的民意領袖，無疑構成了在美國關心國際事務固定的一群。如果說這些民意領袖是美國外交政策建議的來源，或者是在美國政治上辯論這些建議是是非非的主角，這些教育程度較高、生活較富裕的社會階層，顯然就成為美國民眾中注意美國外交政策各種辯論的真正聽眾。

由以上的說明中，我們概略瞭解美國群眾中真正大多數的群相。簡單歸納來說，是一群非年輕、非貧窮、亦非黑人的中年人，中產階級，思想中庸，年紀平均在 47 歲左右，年收入平均為 8 千 6 百美元，所受的教育是高中程度，所信仰的宗教是新教，居住的地方在城市及城市四周，對國際政治的興趣不濃，比較關心切身利益，而且缺乏國際常識，亦不積極參加社團活動。

我們瞭解美國的政治人口主力是中間階層，但並不是說，美國的政治主力是反年輕、反黑人及反猶太的。相反的，任何反黑人、反猶太的意見必會失掉選票或失去支持，任何一位美國政治領袖在選戰中均要設法抓住中間力量，抓到中間力量就能獲勝。自第二次世界大戰以來，歷次美國總統選舉的選情中可得出一個結論：凡是意見與態度比較中庸者，大多會得到選民的支持，而採取任何偏左或偏右態度的候選人，都會遭到慘敗。最明顯的例子：1964 年詹森總統與高華德參議員的競選中，高華德先生的偏右派政見遭到慘敗；1972 年尼克森與麥高文的選舉中，麥高文的偏左派力量，亦遭慘敗。任何一個總統選舉人均希望抓到最大多數群眾，亦即中間群眾，能夠抓住中間群眾就能獲勝。同樣的，我們對美交流的工作，亦是如何爭取這些最大多數的中間美國羣眾。

對一般的美國人，也就是對大多數的美國人，我們交流的重點應該是「動之以情」，用情感打動他們，向他們說明我們共同追尋和平的目標是一致的，也追求安居樂業幸福地過生活，雙方目標一致，將可奠定良好的互動基礎。

重要英文參考書目

1. Almond, Gabriel A. *The American People and Foreign Policy*. New York: Frederick A. Praeger, 1960.
2. *A Gallup Study of Public Attitudes Toward Nationalist China on Taiwan*. Princeton, N. J.: The Gallup Organization, Inc., August 1977.
3. Clough, Ralph N., Oxnam, Robert B., and Watts, William. *The United States and China: American Perceptions and Future Alternatives*, prepared and published with the support of the China Council of the Asia Society,

The Institute for International Social Research, The Rockefeller Foundation and Others. Washington, D. C.: Potomac Associates, 1977.

4. *Population Characteristics: Voter Participation in November 1976 Advance Report*, Current Population Reports, Series P-20, No. 304. Washington, D. C.: Bureau of the Census, U. S. Department of Commerce, December 1976.

5. Scammon, Richard M. and Wattenberg, Ben J. *The Real Majority*. New York: Berkeley Medallion Books, 1972.

6. Wattenberg, Ben J. *The Real America: A Surprising Examination of the State of the Union.* Barden City, New York: Doubleday & Company, Inc., 1974.

研究報告範例之二

LIBERTY AND EQUALITY: CAN THEY BE RECONCILED?

Robert D. Falk

Political Science 101A

LIBERTY AND EQUALITY: CAN THEY BE RECONCILED?

For centuries liberal theorists and statesmen have tried to reconcile the ideals of liberty and equality in the democratic version of the good society. The American experiment is one such attempt, and American theorists have been among the most articulate expounders of the dual concepts of liberty and equality—not as contradictions, but as complementary facets of the same ideological gem. We have put into practice many of the democratic doctrines we preach. In a world where oppression and privilege are the political norms, we have enjoyed relative liberty and relative equality. As we become more equal, are we becoming less free?

"All men are created equal," states the Declaration of Independence. Yet observation tells us men do not remain equal. Thomas Jefferson, who drafted the Declaration, also wrote:

> There is a natural aristocracy among men. The grounds of this are virtue and talent.... The natural aristocracy I consider as the most precious gift of nature, for the instruction, the trusts, and government of society. [1]

A similar view was expressed by John Adams. Why, asked the French statesman Anne Robert Jacques Turgot, should there be "orders" in republics "founded on the equality of all citizens"? Adams replied:

> But what are we to understand here by equality? Are the

[1] Saul K. Padover, ed., *Thomas Jefferson on Democracy* (New York: New American Library, Mentor Books, 1953), p. 150.

citizens to be all of the same age, sex, size, strength, stature, activity, courage, hardiness, industry, patience, ingenuity, wealth, knowledge, fame, wit, temperance, constancy, and wisdom? Was there, or will there ever be, a nation whose individuals were all equal in natural and acquired qualities, in virtues, talents, and riches? The answer of all mankind must be in the negative. [2]

Adams's definition of equality is given in the same document:

> In this society of Massachusettensians then there is, it is true, a moral and political equality of rights and duties among all the individuals and as yet no appearance of artificial inequalities of conditions, such as hereditary dignities, titles, magistracies, or legal distinctions; and no established marks as stars, garters, crosses, or ribbons.... [3]

Equality, then, means to Adams equality of rights and duties, and the absence of artificial distinctions. What kind of equality is provided for in the United States Constitution?

1. Both Federal and State governments are prohibited from granting titles of nobility. (Art. I, sec. 9, par. 8; Art. I, sec. 10, par. 1.)
2. "The Citizens of each State shall be entitled to all Privileges and Immunities of Citizens in the several States." (Art. IV, sec. 2, par. 1.)
3. Slavery is forbidden. (Amendment XIII.)
4. "No State shall... deny to any persons within its jurisdiction the equal protection of the laws." (Amendment XIV, sec. 1.)
5. "The right of citizens of the United States to vote shall not be denied or abridged by the United States or by any State on account of race, color, or previous condition of servitude." (Amendment XV.)

---

[2] George A. Peek, Jr., ed., *The Political Writings of John Adams* (New York: Liberal Arts Press, 1954), p. 133.

[3] Ibid.

6. "The right of citizens of the United States to vote shall not be abridged by the United States or by any State on account of sex." (Amendment XIX.)

Political equality has been extended still further by various provisions of the state constitutions, and by liberal judicial interpretations of constitutions and laws. Social equality, intellectual equality, and economic equality have also been increased through legislation: progressive income and inheritance taxes, free and subsidized education, public libraries, minimum wage laws, and "Fair Employment Practices" acts.

However, constitutional guarantees and public policy do not provide a complete picture of the relative status of individuals within a society. There is more to equality than equality of opportunity, distributive justice, equal protection of the laws, mass suffrage, and the absence of hereditary titles. Equality is also a state of mind. The "feeling" or "sense" of equality determines the nature of public policy; at the same time it pervades those areas of national life which are beyond the reach of laws, administrative acts, and judicial decisions. An early visitor to this nation began his classic study of the American scene by attempting to describe the nature and source of the equalitarian climate which he found so prevalent:

> Among the novel objects that attracted my attention during my stay in the United States, nothing struck me more forcibly than the general equality of condition among the people. I readily discovered the prodigious influence that this primary fact exercises on the whole course of society; it gives a peculiar direction to public opinion and a peculiar tenor to the laws; it imparts new maxims to the governing authorities and peculiar habits to the governed.
>
> I soon perceived that the influence of this fact extends far

> beyond the political character and laws of the country, and that it has no less effect on civil society than on government; it creates opinions, gives birth to new sentiments, founds novel customs, and modifies whatever it does not produce. The more I advanced in the study of American society, the more I perceived that this equality of condition is the fundamental fact from which all others seem to be derived and the central point at which my observations constantly terminated. [4]

What is meant by liberty? I would define it broadly. Liberty is less than license, and more than the absence of governmental restraints. It has to do with "the pursuit of happiness," though it does not guarantee happiness. And to the extent that restraints—social, economic, political—become arbitrary, liberty is diminished. Liberty is the opportunity to develop one's natural endowments to the fullest possible extent.

Can liberty and equality be reconciled? Peter Viereck, of the American neo-conservative movement, attempts to summarize a negative view:

> According to conservative historians, parliamentary and civil liberties were created not by modern liberal democracy but by medieval feudalism, not by equality but by privilege. These free institutions — Magna Cartas, constitutions, Witens, Dumas, and parliaments — were originally founded and bled for by medieval noblemen, fighting selfishly and magnificently for their historic rights against both kinds of tyranny, the tyranny of kings and the tyranny of the conformist masses. Modern democracy merely inherited from feudalism that sacredness of individual liberty and then, so to speak, mass-produced it. Democracy changed liberty

[4] Alexis de Tocqueville, *Democracy in America* (New York: Vintage Books, 1959), 1: 3.

from an individual privilege to a general right, thereby gaining in quantity of freedom but losing in quality of freedom.... [5]

Viereck continues his interpretation of the conservative historians' case against equality by citing the great English libertarians—Pitt, Burke, Sheridan—who were sent to Parliament by aristocratically controlled "rotten boroughs." It might be argued just as convincingly that American liberties, where they are not part of our English heritage, were established by the representatives of a domestic aristocracy. [6] The basic defect in this kind of argument is that it assumes the particular to be universal. Increases in liberty and the rise of an aristocracy may be seen together at certain times and in certain places; but not always and everywhere. Nor are strong rulers inevitably tyrants, the masses forever ignorant and overbearing. Which is the more oppressive: the Sedition Act of 1918, or that of 1798? Congressional witch-hunts (sanctioned by the mob), or slavery (an aristocratic institution)? And have the traditional liberties of Englishmen and Americans actually suffered at the hands of their present heirs?

Whatever the relative merits of privilege and equality, the world appears to be moving generally in the direction of the latter condition.

> The various occurrences of national existence have everywhere turned to the advantage of democracy.... The gradual development of

---

[5] Peter Viereck, *Conservatism: From John Adams to Churchill* (Princeton, N. J.: D. Van Nostrand Company, Anvil Original, 1956), p. 28.

[6] It has been estimated that in the early days of the Republic 120,000 out of 4,000,000 inhabitants had the right to vote. Woodrow Wilson, *History of the American People*, cited by David Cushman Coyle, *The United States Political System and How It Works* (New York: New American Library. Signet Key Book, 1954), p. 14.

the principle of equality is therefore, a providential fact. It has all the chief characteristics of such a fact: it is universal, it is lasting, it constantly eludes all human interference, and all events as well as all men contribute to its progress. [7]

And ethnic minorities continue to aspire to positions which are denied them; workers demand still higher wages; and colonial subjects clamor for independence, and celebrate independence by threatening their neighbors. Those who feel that equality leads to mediocrity and disorder call attention to the present state of the arts and mass communications media, and to the endless fashions, fads, and fancies of nations which seem so often in doubt as to what they want and where they are going. They ask whether disorder and mediocrity, the decline of custom and culture, can be other than a prelude to the eventual withering away of freedom itself. In short, will Western democracy continue to survive, and evolve, or does it contain the seed of its own destruction: ever greater equality? Or: can liberty and equality be reconciled?

Perhaps the final verdict of history will be that equality is not incompatible with liberty, but essential to liberty. Do we accept Jefferson's concept of "a natural aristocracy among men"? It is important that we decide. For such an aristocracy cannot rise to its rightful position in a society based upon inequality, and it cannot flourish where men limit the reservoir of talent and leadership from which they might draw by subjecting large segments of the population to perpetual ignorance and poverty.

[7] Tocqueville, *Democracy*, 1: 6.

LIST OF REFERENCES

Coyle, David Cushman. *The United States Political System and How It Works*. New York: New American Library, Signet Key Book, 1954.

Padover, Saul K., ed. *Thomas Jefferson on Democracy*. New York: New American Library, Mentor Books, 1953.

Peek, George A., Jr., ed. *The Political Writings of John Adams*. New York: Liberal Arts Press, 1954.

Tocqueville, Alexis de. *Democracy in America*. 2 vols. New York: Vintage Books, 1959.

U. S. *Constitution*.

Viereck, Peter. *Conservatism: From John Adams to Churchill*. Princeton, N. J.: D. Van Nostrand Company, Anvil Original, 1956.

研究報告範例之三

THE WORK OF F. SCOTT FITZGERALD IN RELATION TO THE TWENTIES

By

Carolyn Winters

English 102P

April 13, 1959

OUTLINE

THE WORK OF F. SCOTT FITZGERALD IN RELATION TO THE TWENTIES

THESIS: The work of F. Scott Fitzgerald reflects the conflicts and adjustments being made in American social behavior and thought during the 1920's.

Central idea or thesis stated in one sentence

I. The 1920's were times of re-evaluation for the American people.
   A. The former idealism and belief in the American success story failed.
   B. After World War I the American people wanted "normalcy."
      1. They rejected the League of Nations.
      2. They elected Harding in 1920.
   C. The younger generation had been disillusioned by the war.
   D. The feminine ideal was completely changed.
      1. Women received the vote in 1920.
      2. They bobbed their hair, shortened their dresses, and drank and smoked.
      3. They revised their ideas of love.
   E. The Prohibition Amendment was flagrantly disobeyed.
   F. Interest in science made Freud influential.
      1. People followed his warnings against restraints.
      2. People began to regard courting and marriage more lightly.
      3. The main idea was to get pleasure out of life.

Introductory section sketching background

II. The young writers emerged as spokesmen for the era.
   A. They went into exile in Europe.
   B. They had negative values.

Short section that provides transition

III. In this group Fitzgerald was one of the most representative of his age.
   A. He believed that the war had robbed his generation.

Central section of paper

– i –

Small Roman numeral between dashes for first page preceding text ii

B. His love for Zelda Sayre was an important influence on his work.

1. He wrote *This Side of Paradise* to get enough money to marry her.
2. For the rest of his life he produced for her.
3. This period began his "search for paradise."
4. *The Beautiful and Damned* shows Fitzgerald's feelings toward his wife.

C. Fitzgerald's views are reflected in his best novel, *The Great Gatsby*.

1. It shows the failure of the American dream.
2. The two main characters represent two of Fitzgerald's views.
3. Gatsby's dream was corrupt in itself.

D. Fitzgerald's life degenerated.

1. He drank for weeks.
2. He was perpetually in debt.

IV. Fitzgerald's own breakdown paralleled that of the period.

A. He withdrew from society.

B. *Tender Is the Night* comes from this period and portrays deterioration.

C. His last work, left unfinished, was an attack on the business world.

V. Fitzgerald's greatest significance lies in his reflection of the era.

A. His books form a search for paradise.

B. He drew on personal experience, which paralleled the life of the twenties.

C. He is best thought of as the conveyer of the ideas of his age.

Pages before text numbered with small Roman numerals

Special section for end of age and author

Concluding section. Note that five main headings were sufficient

THE WORK OF F. SCOTT FITZGERALD
IN RELATION TO THE TWENTIES

Title in caps repeated on page 1

America, emerging victorious from the "war to end all wars," was in a period of severe growing pains from 1919 to 1929. Her industries were booming; prosperity had reached an all-time high. Yet the idealism which had surrounded World War I and the belief in the Horatio Alger success story began to wane. The idealism, symbolized in the figure of Woodrow Wilson, went out with the first rejoicing over the Armistice, and the American success story cracked slowly and painfully throughout the decade.

General information in first two paragraphs might have been footnoted, but sources such as Allen are given in bibliography

The era began with a feeling of relief from old bonds, heightened into orgiastic revelry in new-found freedom, soured into boredom, and finally collapsed with the stock market crash. At the end of World War I the American people were eager to enjoy themselves and forget about the rest of the world. They showed this to Wilson as they persistently turned a deaf ear to his pleadings and rejected the League of Nations. In 1920 Republican Warren G. Harding's friendliness and good looks won him the presidency on a ticket which preached a return to "normalcy." Harding's administration set the policy of high tariffs, lower taxes on business, and encouragement of trade associations which dominated Republican rule for the next ten years.

The nation was prosperous, and new industries boomed.[1] Material wealth gave the younger generation a chance to display a disillusionment it had gained from the war. Young Americans had marched off to war with patriotic phrases

Footnote indicated by figure above line

[1] See James Edmund Rookan, "The United States in a Revolutionary Century, 1919–1953," *Encyclopedia Americana* (1956), XXVII, 549–550, for a discussion of the automotive and related industries, for example.

Footnote indicating where supporting evidence may be found

– 1 –

Page number at bottom when title on page

如何寫學術論文

ringing in their ears, searching for adventure; when they returned, the pretty phrases had been replaced by realities. In speaking of their futile search for the promised golden era, John W. Aldridge says in the preface to his book, *After the Lost Generation*, "Not only had the new age not arrived but there seemed little likelihood that it was going to;... we concluded... that we had been keeping alive and making love to an illusion."[2]

Many Americans had volunteered with the Norton-Harjes motor unit in Paris rather than going into combat service. In this way they became observers whose loyalties were not directly involved. From the sidelines they could search for the adventure and romance of foreign countries. Those who actually fought found the harsher truths of war's false glory. This combination of attitudes was later reflected in the postwar literature; as Aldridge states, it was a "...blend of tenderness and violence, innocence and numbness...all... sad and forsaken, beautiful and damned."[3] Above all, the war made the younger generation think and live under the tension of war. Prewar life seemed dull and they began to live intensely to keep up the excitement of the war years. More important, this generation could not accept the moral admonitions of parents who had promised them an ideal world, and instead had subjected them to the filth of a war without glory.[4]

Perhaps the most notable change in the social scene was the change in the feminine ideal. In 1920 women received the franchise, which came to stand more as a symbol of equality

[2] New York, 1951, p. xii.
[3] Aldridge, p. 6.
[4] Frederick Lewis Allen, *The Big Change* (New York, 1952), p. 134.

Ellipsis marks indicating shortening of quotation

Footnote at end of paragraph to give credit for facts summarized

Short author reference to book previously cited (n. 2)

than as a sign of an interest in politics.[5] The emancipated woman began to bob her hair, shorten her skirts, work for a living, drink and smoke in public, and discuss freely subjects formerly taboo. Women worshiped unripened youth; strove to be playmates of men; searched for sex, not romantic love; and snubbed the traditional role of devoted mother and housewife.

The fate of the Prohibition Amendment showed clearly the swift changes in social tides. In 1920 prohibition had been instituted with amazing speed, but by 1923 the hip flask had become a sign of freedom. During this time the cocktail party became an American institution, as women joined men in social drinking. Speakeasies and bootleggers had a growing business and became monuments to the rebellion against old standards.

Science was the only intellectual pursuit which captivated intellectual circles, and young people turned to the science of the mind, psychoanalysis. Freud's warnings against restraint led to a revision in standard concepts of sexual relationships. Frankness and bored experience became the order of the day. Those who did not read Freud consumed sex magazines with greed. Closed cars became the courting place and gave young couples a new freedom from watchful eyes. Not only did divorces become more common, but the divorcee had a sophistication and scandal about her that was appealing to the age. The fashion was to be so blasé as to be unshockable, and so frank as to be shocking. Beneath the whole sophisticated veneer was disillusionment. The new generation was groping for a code to replace the one they had destroyed.[6]

The main command in this new society was that one enjoy oneself. The abandonment of puritanical and Victorian

---

[5] Indeed, one of the characteristics of the era was lack of interest in all affairs of consequence; including politics. See Allen, *Big Change*, p. 133.

[6] Frederick Lewis Allen, *Only Yesterday* (New York, 1957), p. 71.

Second reference. Name and title both needed because two Allen books in bibliography

restraints left people free to become lost in the pursuit of happiness. The philosophy of lost ideals could easily become a religion in itself. John W. Aldridge says of this religion of lostness, "... if one believed in nothing one was obliged to practice the rituals of nothingness, and these were good and pleasurable."[7]

Of course, not everyone accepted the new philosophy, but the spokesmen for the era did. The young authors, disillusioned by the breakdown of traditional values demonstrated by World War I and the years following, became known as the "lost generation." Rejecting postwar America and its seemingly deadly normalcy, they turned with some hope to exile. Their idea of this exile was formulated in Harold Stearns' *Civilization in the United States*, a collection of essays on American life by about thirty intellectuals. According to this group, life in America was not worth living; therefore, the young artist had to leave the United States to preserve his talent.[8]

Stearns himself went to France soon after his book was published, and most of the young American authors followed him. Hemingway, Fitzgerald, Dos Passos, and Cummings were among those who went into exile to drink, play, and write. The protests they made were not against any particular situation, but were a cry against life itself. However, negative as they were, their attitudes were stimulating to literature. Aldridge contends that their values "were at least good values for the literature of the time, and they were better than no values at all";[9] and Allen claims that without the old restraints on art, "... [one] could tell the truth."[10]

---

[7] Aldridge, p. 16.
[8] Cited by Aldridge, p. 12.
[9] Aldridge, p. 19.
[10] *Big Change*, p. 138.

Transitional phrase used to introduce paragraph

Editorial addition indicated by brackets

Reference to work cited in another book

5

The frank type of literature these authors produced even forced a change in the wording of the Pulitzer Prize. Being unable to find books which "present the wholesome atmosphere of American life and the highest standard of American manners and manhood," the judges substituted "whole" for "wholesome" and omitted reference to "highest standards."[11]

Quotation woven smoothly into sentence

Into the midst of this new society came F. Scott Fitzgerald, whose rise to fame and fortune followed closely the rise of the new order. From St. Paul, Minnesota, where he had been born in 1896, he followed his dream to the East, to Europe, and finally to the West Coast. As early as his years at Princeton, he strove to be accepted as a social success. Although he had served in the army without seeing combat, he was convinced that the war had robbed his generation; as he asserted in a letter to a cousin: "... it looks as if the youth of me and my generation ends sometime during the present year; ...every man I've met who's been to war, that is this war, seems to have lost youth and faith in man...."[12]

Smooth transition to central section of paper

While stationed at an army camp in Montgomery, Alabama, Fitzgerald met and fell in love with Zelda Sayre. Zelda was a perfect example of the sophisticated young flapper who abounds in Fitzgerald's works. But she was unattainable to him because he didn't have the money to give her everything she wanted. Although she said she loved him, Zelda continued to date others, and Fitzgerald knew that he must raise money and win her quickly. During the summer of 1919 he went back to St. Paul and revised an old manuscript; it became *This Side of Paradise*.

When Scribner's accepted the book for publication, he and Zelda became engaged, and as soon as it came out they

[11] Allen, *Only Yesterday*, p. 84.

[12] Quoted by Arthur Mizener, *The Far Side of Paradise* (Boston, 1951), p. 69.

were married. This incentive to produce for Zelda continued throughout his life and led him to write volumes of second-class short stories to pay the bills for their extravagant living.[13]

This Side of Paradise introduces the theme of the search for paradise which characterized all of Fitzgerald's works. The rejection of old standards and the acceptance of happiness as the primary goal first appear here, grow in *The Beautiful and Damned*, reach a peak in *The Great Gatsby*, and fall in utter disillusionment in *Tender Is the Night*. Although each new book stretches further for paradise, the dream is finally killed in *The Great Gatsby*, and after that Fitzgerald's judgment of the age becomes highly critical. Maxwell Geismar explains this search for paradise in Fitzgerald's major novels as "one which springs from the hero's consciousness of guilt and his need for expiation."[14] The fact that these books present replicas of the wildness of the twenties is perhaps not as strange as the fact that they catch the flaw in the new way of life.

Quotation introduced unobtrusively

Arthur Mizener attributes the reality of Fitzgerald's books to the fact that "The myths of his fiction were made out of the concrete experiences and the social ideals of his world...."[15] *This Side of Paradise* described for the first time the frank attitude of young Americans trying to live according to their new standards. The book became a proclamation for the younger generation. As it defines its own plight:

> Here was a new generation, shouting the old cries, learning the old creeds...destined finally to go out into that dirty gray turmoil ... grown up to find all gods dead, all wars fought, all faiths in man shaken.[16]

Extended quotation indented and single spaced, without quotation marks

---

[13] He of course wrote such fine stories as "The Jelly-Bean" and "Babylon Revisited," but too much of his work was frankly commercial.

[14] *The Last of the Provincials* (Boston, 1949), p. 292.

[15] *Far Side of Paradise*, p. 99.

[16] *This Side of Paradise* (New York, 1920), p. 304.

Footnote supplying qualifying information that lies outside paper itself

Author's name, given in text, not repeated in footnote

The Beautiful and Damned, which was published in 1922, definitely reflected the Fitzgeralds' own relationships. In the book the search for paradise takes the form of Anthony and Gloria's search for love. The crumbling of their love after marriage represents the crumbling of paradise. Anthony's chief frustration begins with Gloria because she is both his ideal and his jailor.[17] One passage from *The Beautiful and Damned*, describing Anthony and Gloria's marriage, comes close to this feeling:

> But knowing they had had the best of love, they clung to what remained. Love lingered — by way of long conversations at night..., by way of deep and intimate kindnesses they developed toward each other, by way of their laughing at the same absurdities and thinking the same things noble and the same things sad.[18]

In a letter to his daughter in 1938 Fitzgerald told of ambivalent feelings toward Zelda:

> When I was your age I lived with a great dream.... Then the dream divided one day when I de-decided to marry your mother after all, even though I knew she was spoiled and meant no good to me.... You came along and for a long time we made quite a lot of happiness out of our lives. But I was a man divided—she wanted me to work too much for her and not enough for my dream.[19]

The Great Gatsby, generally acknowledged as Fitzgerald's best novel, brings to a high point the idea of paradise lost and corrupted. In Gatsby is found the final

[17] Geismar, p. 304.
[18] New York, 1922, p. 156.
[19] Quoted by Mizener, *Far Side of Paradise*, p. 122.

Formal intro-duction to long quotation

Facts about letter established in text; source given in footnote 19, below

Ellipsis mark plus period in-indicating omission of words after end of sentence

Name of author whose works are being dis-cussed may be omitted from footnote for brevity

Author and title given in text

failure of the American dream. From obscure beginnings in the Midwest, Gatsby, like Fitzgerald himself, climbs the financial ladder to social prominence. His great empire centers around his week-end parties, to which most people come uninvited. These are seen through the eyes of Nick Carraway, who serves as judge of all the participants. He carefully describes them with the eyes of an outsider:

> In his blue gardens men and girls came and went like moths among the whisperings and the champagne and the stars.... Every Friday five crates of oranges and lemons arrived from a fruiterer in New York—every Monday these same oranges and lemons left his back door in a pyramid of pulpless halves.[20]

Gatsby's dream of Daisy is corrupt in itself, and he spends all his time striving for a moment past. He tries to manufacture and buy happiness. The tragedy is not Gatsby's death, but rather the unworthiness of his dream, actually a myth. The book ends with the bleak statement, "So we beat on, boats against the current, borne back ceaselessly into the past."[21] ◄

Footnote not really needed here; reference clear in text

By using Nick to represent judgment, and Gatsby to represent paradise sought after, Fitzgerald was able to separate these two elements of his own person. He was seeking to express the consequences of such abandonment and belief in bought pleasure.

Fitzgerald's own life had become one of increased drunkenness and thrills. He found that to satisfy Zelda he had to give endless parties, and to pay for these he had to write second-class literature. He was constantly in debt, more from an unconcern about money than anything else. Mizener expresses his dilemma clearly:

[20] New York, 1925, p. 47.
[21] *Gatsby*, p. 218.

> So, distrusting the methods by which money is acquired and disliking the money these methods produced ..., he salved his conscience by noticing the money itself as little as possibleand refusing to live in awe of it.[22]

Tied up with his carelessness about money was the fact that Fitzgerald always believed that he could make himself famous. More than this, he believed that he deserved to make money for his effort. His cardinal belief in this manufactured paradise is stated in *The Crack Up*: "Life was something you dominated if you were any good. Life yielded easily to intelligence and effort...."[23]

In 1925 he went to France to work on a new book and save money. Instead, he partied on, sometimes being drunk for weeks at a time. Two trends in his life became apparent at this time. First, his drinking developed into alcoholism; and second, much of his practical joking became less funny and more destructive.[24] He returned to America in two years, and after having done almost no work, he was worn out by the gay life.

Footnote used for support of statement

Fitzgerald later wrote that it was at this time that the crack-up in the search for paradise became evident:

> By 1927 a wide-spread neurosis began to be evident, faintly signalled, like the nervous beating of the feet...contemporaries of mine had begun to disappear into the dark maw of violence.[25]

From his later years evolved his view of his own personal crack-up, as well as that of his society. His wife became insane and spent many years in an institution, while

---

[22] Arthur Mizener, "Fitzgerald in the Twenties," *Partisan Review*, XVII (January 1950), 23.

[23] *The Crack Up*, ed. Edmund Wilson (New York, 1945), p. 69.

[24] For details, see Mizener, "Fitzgerald," pp. 26 and 36.

[25] *Crack Up*, p. 20.

Standard form of footnote for article in periodical

Fitzgerald himself sought to express his own emotional numbness. It seems that their intense living had sucked all feeling for life from the Fitzgeralds. Aldridge sees the link between Fitzgerald and his age most clearly in the breakdown, asserting that, "He [Fitzgerald] was supremely a part of the world he described, so much a part that he made himself its king and then, when he saw it begin to crumble, he crumbled with it and led it to death."[26]

Pronoun identified by name added within brackets

Near the end of his life he withdrew from society to write in solitude. He could no longer bear the presence of people, and it was an effort even to be civil. Of his own personality he said, "I have now become a writer only. The man I had persistently tried to be became such a burden that I cut him loose...."[27]

At this time he spoke of his youthful happiness as a parallel to the boom:

> and I think that my happiness, or talent for self-delusion or what you will, was an exception. It was not the natural thing but the unnatural—unnatural as the Boom: and my recent experience parallels the waves of despair that swept the nation when the Boom was over,[28]

Reference number, above line, placed at end of quotation

Tender Is the Night, which was published in 1934, shows this utter deterioration of paradise. Perhaps most significant is the setting of Europe, symbolizing the "exile's" last hope. In the end, Doctor Diver turns his back on Europe as a final repudiation of the corrupted paradise.[29]

Paragraph exemplifying summary of information from a source

In 1940 Fitzgerald died of a second heart attack, leaving the unfinished manuscript for *The Last Tycoon*. He died while working feverishly to complete it, and thus was thwarted in his final attempt at greatness. Many critics feel that it might

---

26 Aldridge, p. 57.
27 *Crack Up*, p. 83.
28 *Crack Up*, p. 84.
29 Aldridge, pp. 46–48.

have indeed been a great book. "That this harvest was denied him," contend Leo and Miriam Gurko, "seems the...ironic frustration...of a man whose reputation will...rest upon his several studies of irony and frustration."[30]

Identification of authors and ellipsis of quotation

Stahr, the main character in *The Last Tycoon*, was the builder of an industry, who possessed qualities of brilliance and organization. But Fitzgerald saw this type of capitalist, the highly personal creator and manager of a large enterprise, acting an impossible role in the society that followed the twenties. Although Fitzgerald admired much about his type, Stahr was doomed. Fitzgerald was now attacking what he had always considered dull—the business world. This attack was part of the writers' protest against the capitalism which was maturing and changing in the thirties.[31]

The pilgrimage to paradise had almost reached its conclusion, and Aldridge explained it as a cycle of frustration:

> Amory Blaine's infatuation with wealth set the key for Anthony Patch's corruption by wealth. In Gatsby, Fitzgerald sounded the futility of his dream only to re-embrace the rich in Dick Diver and discover the real futility of the spiritually bankrupt; and as Anthony, Gatsby, and Dick were destroyed, so Stahr prepares us for the final destruction, that ultimate collapse of self which comes after all dreams have died.[32]

Most critics agree that the real significance of F. Scott Fitzgerald lies in his accurate reflection of the nineteen twenties, rather than in the universality of this philosophy. Mark Schorer draws a parallel between his life and the life of the twenties: "His life was an allegory of life between two world wars, and his gift lay in the ability to discover figures

Support for thesis of paper gained by quotation

---

[30] "The Essence of F. Scott Fitzgerald," *College English*, V (April 1944), 376.

[31] Geismar, p. 370.

[32] Aldridge, p. 56.

which could enact the allegory to the full."[33] One could almost make a graph of his life, the social life of the twenties, and his books to show the same feverish searching for new values. The innovators of the twenties had produced a revolution in social standards which brought only destruction to themselves. They had learned that the roads of extreme lead to ruin. Their search for adventure and romance, for escape from sterility, led in the end to that very sterility.[34]

Idea of quotation elaborated for effectiveness

Our final tribute to F. Scott Fitzgerald must be that

> What matters and will continue to matter is that we have before us the work of a man who gave us better than anyone else the true substance of an age, the dazzle and fever and ruin.[35]

A quotation is not always the best way to conclude, but this quotation is an eloquent summary of the thesis

[33] "Fitzgerald's Tragic Sense," *Yale Review*, XXXV (August 1945), 188.
[34] Aldridge, p. 22.
[35] Aldridge, p. 58.

BIBLIOGRAPHY

Aldridge, John W. *After the Lost Generation*. New York: McGraw-Hill Book Co., 1951.

Allen, Frederick Lewis. *The Big Change*. New York: Harper & Bros., 1952.

————. *Only Yesterday*. New York: Bantam Books, 1957.

Fitzgerald, F[rancis] Scott [Key]. *The Beautiful and Damned*. New York: Charles Scribner's Sons, 1922.

————. *The Crack Up*, ed. Edmund Wilson. New York: New Directions, 1945.

————. *The Great Gatsby*. New York: Grosset & Dunlap, 1925.

————. *Tender Is the Night*. New York: Charles Scribner's Sons, 1934.

————. *This Side of Paradise*. New York: Charles Scribner's Sons, 1920.

Gaismar, Maxwell. *The Last of the Provincials*. Boston: Houghton Mifflin Co., 1949.

Gray, James. "Minnesota Muse," *Saturday Review*, XVI (June 12, 1937), 4–5.

Gurko, Leo, and Miriam Gurko. "The Essence of F. Scott Fitzgerald," *College English*, V (April 1944), 372–76.

Hoffman, Frederick J. *The Twenties*. New York: The Viking Press, 1955.

Mizener, Arthur. *The Far Side of Paradise*. Boston: Houghton Mifflin Co., 1951.

————. "Fitzgerald in the Twenties," *Partisan Review*, XVII (January 1950), 7–38.

Rookan, James Edmund. "The United States in a Revolutionary Century, 1919–1953," *Encyclopedia Americana* (1956), XXVII, 549–53.

Schorer, Mark. "Fitzgerald's Tragic Sense," *Yale Review*, XXXV (August 1945), 187–88.

– 13 –

Long dash used instead of name in second work by same author

Reference to an article

Joint authors

Reference to a book used for background but not directly cited in text

Normal basic form for a book

Encyclopedia reference

Paging continuous with text, at bottom between dashes for page with title

本書重要參考書目

中文部分

1.陳如一譯。《研究方法與報告寫作》。臺北：中華文化出版事業社，1961年。

2.思敏。《大學論文研究與寫作》。第3版。臺北：文致出版社，1974年。

3.陳善捷譯。〈如何研究與撰寫論文〉。《教育資料科學月刊》。第7卷第5、6期（1975年6月）：頁27—30；第8卷第2、3期（1975年9月）：頁24—27、23；第8卷第4期（1975年10月）：頁27—30；第8卷第5、6期（1975年12月）：頁36—38、39；第9卷第2期（1976年3月）：頁38—39。

4.言心哲。《大學畢業論文的作法》。臺3版。臺北：商務印書館，1976年。

5.張存武、陶晉生。《歷史學手冊》。臺北：食貨出版社，1976年。

6.房志榮、沈宣仁。《學術工作與論文》。臺3版。臺北：先知出版社，1976年。

7.魏鏞。《中文學術論文注釋簡則芻議》。臺北：國立政治大學國際關係研究中心，〔出版時間不詳〕。

8.國立臺灣大學政治學研究所編。《畢業論文準則及格式》。臺北：編者印行，〔出版時間不詳〕。

9.劉惠林。〈撰著學術論文的理論與實際〉。《東方雜誌》。上篇：復刊第9卷第11期（1976年5月1日）：頁32—37；下篇：第12期（1976年6月1日）：頁37—46。

10.杜拉賓 (Kate C. Turabian) 著。馬凱南譯。楊汝舟審校。《大學論文研究報告寫作指導》。臺北：黎明文化事業股份有限公司，1977 年。
11.宋楚瑜編著。《學術論文規範》。臺北：正中書局，1977 年。
12.張春興。〈撰寫研究報告〉。楊國樞等編。《社會及行為科學研究法》，下冊。臺北：東華書局，1978 年。頁 907－932。
13.美國現代語言協會編著 。《MLA 論文寫作手冊》。 第 7 版 (*MLA Handbook for Writers of Research Papers*, 7/e)。 臺北：書林出版有限公司，2010 年。
14. A.P.A.。陳玉玲、王明傑譯。《美國心理學會出版手冊：論文寫作格式》。第 6 版。臺北：雙葉書廊，2011 年。

英文部分

1. Cecil B. Williams. *A Research Manual for College Studies and Papers*. Third Edition. New York: Harper & Row, 1963.
2. Donald A. Sears. *Harbrace Guide to the Library and the Research Paper*. Second Edition. 臺北：雙葉書店，1971 年。
3. Kate L. Turabian. *A Manual for Writers of Term Papers, Theses and Dissertations*. 4th ed. Chicago: University of Chicago Press, 1973; reprint ed., 臺北：虹橋書店，1975 年。
4. ——. *Student's Guide for Writing College Papers*. Third Edition. Chicago: University of Chicago Press, 1976.
5. Lucyle Hook and Mary Virginia Gaver. *The Research Paper: Gathering Library Material, Organizing and Preparing the Manuscript*. Third Edition. Englewood Cliffs, New Jersey: Prentice-Hall, Inc., 1962.

6. Roberta H. Markman and Marie L. Waddell. *10 Steps in Writing the Research Paper*. Revised. Woodbury, New York: Barron's Educational Series, Inc., 1971.
7. Robert B. Downs and Clara D. Keller. *How to Do Library Research*. Second Edition. Urbana, Ill.: University of Illinois, 1975.